Jörg Olbrich

Hilmer

Der Lemming, der nicht sterben wollte

Deutsche Erstausgabe

ISBN 9 783735 784506

© 2013 bei Jörg Olbrich

Cover:	Chris Schlicht
Lektorat:	Christine Rix
Herstellung:	BoD-Books on Demand, Norderstedt
Verlag:	BoD-Books on Demand, Norderstedt

Alle Rechte vorbehalten. Das Werk darf – auch teilweise – nur mit Genehmigung des Autors wieder gegeben werden.

www.joerg-olbrich.de

1

»Ich halte es für keine gute Idee, was wir hier tun«, sagte Hilmer und schaute seine drei Vettern skeptisch an.
»Warum?«, fragte Turgi überrascht. »Es steht doch schon ewig fest.«
»Das macht die Sache nicht besser«, erwiderte Hilmer.
»Was soll das auf einmal?«, regte sich Turgi auf.
»Wir warten nun schon seit Monaten auf diesen Tag«, sagte Targi.
»Du solltest froh sein, dass es endlich so weit ist«, stimmte Torgi seinen Brüdern zu.
Hilmer stand mit seinen Vettern inmitten eines wahren Heeres von Lemmingen am Fuße des Schicksalsberges. Alle warteten darauf, den Aufstieg zum Todesfelsen beginnen zu dürfen, wo ihr Leben genau fünfzehn Monate nach ihrer Geburt enden sollte. Genau wie bei Millionen von Lemmingen vor ihnen und sicherlich nicht weniger nach ihnen. So war es Brauch. So musste es geschehen. Keiner konnte etwas dagegen tun.
Genau genommen gab es niemanden, der etwas dagegen tun wollte.
Außer Hilmer.
Der fasste in diesem Moment den Entschluss, dass er auf keinen Fall an diesem Irrsinn teilnehmen wollte.
In seinem bisherigen Leben hatte Hilmer diesem Tag entgegengefiebert. Wochenlang hatte er sich mit seinen Vettern auf diesen Tag vorbereitet. Sie hatten davon geschwärmt, wie es wohl in der Totenwelt sein würde, in der alles besser war und kein Lemming sich darüber Gedanken machen musste, ob es zu viele von ihnen gab. Dort würde genügend Platz für alle sein. Niemand müsste auf etwas verzichten.

Jetzt, wo sein geplanter Todestag gekommen war, fand Hilmer es gar nicht mehr so erstrebenswert, sich von der Klippe in den Tod zu stürzen. Er beschloss, Turgi, Targi und Torgi davon zu überzeugen, dass es besser sei, zurück nach Hause zu gehen.

»Nur weil sich alle anderen Lemminge in den Tod stürzen, heißt das nicht, dass wir hinterher springen müssen«, erklärte Hilmer seinen Vettern.

»Aber so will es das Gesetz«, sagte Turgi.

»Wo steht das?«, setzte Hilmer dagegen.

»In den heiligen Schriften des furchtlosen Wonibalts«, antwortete Turgi.

»Hast du sie gesehen?«

»Natürlich nicht«, gab Turgi zu. »Niemand außer dem König hat das.«

»Was soll das, Hilmer?«, stand Torgi seinem Bruder bei. »Du weißt doch, dass nur Helmut die Aufzeichnungen des Propheten kennt.«

»Eben«, sagte Hilmer. »Darum weiß auch keiner, ob es stimmt, was uns der König erzählt. Vielleicht legt er die heiligen Thesen ja falsch aus.«

»Lass das bloß keinen der Wachleute hören«, warnte Turgi.

»Helmut lässt nicht zu, dass man schlecht über ihn redet«, ergänzte Targi.

»Wenn sie dich erwischen, bist du dran«, warnte Torgi.

»Was soll mir denn passieren?«, fragte Hilmer verblüfft. »Wenn ich die Klippen runterspringe, bin ich tot. Was kann schlimmer sein? Ich gehe jetzt nach Hause.«

»Das kannst du nicht machen!«

»Doch, Targi. Das kann ich und das werde ich auch.«

»Dann bist du kein richtiger Lemming«, warf Turgi seinem Vetter vor.

»Du solltest dich schämen«, ergänzte Targi.

»Deine Eltern würden sich im Grabe herumdrehen«, behauptete Torgi.
»Ihr seid doch nicht mehr ganz dicht«, sagte Hilmer und beschloss, sich von seinen Vettern nicht weiter aufhalten zu lassen. Er drehte sich um und ging die Straße hinunter in Richtung Stadt.
»Warte!«, schrie Torgi und nahm die Verfolgung auf, weil Hilmer einfach weiterging. Turgi und Targi blieb nichts anderes übrig, als sich ihrem Bruder anzuschließen. Die drei waren fest entschlossen, Pfote in Pfote von den Klippen zu springen. Dieses Versprechen wollte keiner der Brüder brechen.
An der Kreuzung zur Hauptstraße, wo der Weg in Richtung Todesfelsen abzweigte, holten Turgi, Targi und Torgi ihren Vetter ein, der dort von einem Wächter festgehalten wurde. Dieser wiederum war völlig überrascht, plötzlich tätig werden zu müssen. Die Stellen in der Garde des Königs waren sehr beliebt, weil sie gut bezahlt wurden und mit sehr wenig Arbeit verbunden waren. Dies war auch der Grund dafür, dass die meisten Mitglieder dieser Einheit unter starkem Übergewicht litten.
»Was soll das heißen? Du willst nicht?«, blaffte der Lemming, nahm seine Zigarre aus dem Mund und starrte Hilmer sichtlich irritiert an.
»Ich habe keine Lust, von dem Felsen in den Tod zu springen. Ich will weiterleben.«
»So ein dummes Zeug hat vor dir noch keiner geredet«, sagte der Wächter grinsend. »Du musst völlig den Verstand verloren haben.«
»Ich meine es todernst.«
Helmuts Helfer schien mit der Situation völlig überfordert zu sein. Niemals hatte er erlebt, dass ein Lemming den Hang wieder herunterkam. Normalerweise bestand seine Aufgabe darin zu verhindern, dass sich einer seiner Artgenossen in den

Tod stürzte, bevor er seinen fünfzehnten Lebensmonat vollendet hatte. Unsicher wechselte er den Blick von Hilmer zu den drei Brüdern, die nun ebenfalls neben dem Wachhäuschen stehen geblieben waren.

»Was ist mit euch?«, fragte der Lemming barsch. »Weigert ihr euch ebenfalls, den uns vorbestimmten Weg zu gehen?«

»Selbstverständlich nicht«, entrüstete sich Turgi.

»Das würden wir niemals tun«, bestätigte Targi.

»Wir sind ehrenvolle Lemminge«, versicherte Torgi.

»Ihr seid Spinner«, sagte Hilmer und schickte sich an, seinen Weg in die Stadt fortzusetzen.

»Halt«, schrie der Wächter und baute sich vor dem Flüchtigen auf. »Ich kann das nicht dulden.«

»Was willst du dagegen tun?«, fragte Hilmer grinsend. Er wusste genau, dass sein Verhalten ein einzigartiger Skandal war. Nie zuvor hatte ein Lemming so reagiert. Es gab keine dafür festgesetzte Strafe.

»Ich werde dich zu König Helmut bringen. Soll er entscheiden, was mit dir geschieht.«

»Du kannst mich nicht gegen meinen Willen irgendwo hinbringen«, stichelte Hilmer weiter.

»Wenn wir ihm helfen schon«, sagte Turgi.

»Ihr wollt euch tatsächlich gegen euren Vetter stellen?«, fragte Hilmer.

»Ja«, antwortete Targi. »Wir können nicht zulassen, dass du Schande über unsere Familie bringst.«

»Helmut wird schon eine Lösung einfallen«, bekräftigte Torgi. »Er wird nicht wollen, dass sich andere ein Beispiel an dir nehmen.«

Hilmer blieb nichts anderes übrig, als Turgi, Targi und Torgi in den Palast zu folgen. Er war selbst gespannt darauf, wie Helmut reagieren würde. Angst hatte er nicht. Keine Strafe konnte schlimmer sein als der Tod. Das war ihm an diesem Tag klar geworden. Die drei

Brüder nahmen ihren Vetter in die Mitte, um einen Fluchtversuch im Keim ersticken zu können. Der Wächter blieb an seinem Platz und bewachte weiter den Hang, der zum Todesfelsen führte.

2

»Wollt ihr Schwachköpfe mich verarschen?«, schrie Helmut und sprang von seinem Thron auf. »So einen Unsinn habe ich in meinem ganzen Leben noch nicht gehört.« Der König sah die beiden Lemminge vor sich mit finsterem Blick an.
Einmal im Monat kamen die beiden Verrückten zu ihm, um ihre neuesten Erfindungen vorzuführen. Viel Brauchbares war in der Vergangenheit nicht dabei gewesen. Jetzt schienen sie aber völlig den Verstand verloren zu haben.
»Unser Kaubonbon funktioniert«, sagte Henni und erwiderte den Blick des Königs.
»Wir haben es mehrfach ausprobiert«, fügte sein Freund Hörg grinsend hinzu.
»Das wird ja immer schlimmer«, wetterte Helmut. »Könnt ihr denn nicht einmal etwas erfinden, was unser Volk auch gebrauchen kann?«
»Aber das haben wir doch«, sagte Henni. »Wenn ein Weibchen diesen Kaubonbon benutzt, wird es nicht mehr trächtig. Damit haben wir unser Übervölkerungsproblem gelöst.«
»Und die Pärchen können sich miteinander vergnügen, sooft sie wollen, ohne dass sie sich über den Nachwuchs Gedanken machen müssen. Stell dir nur vor, was auch dir das für Möglichkeiten bieten würde.« Hörg sah Helmut grinsend an. Wie alle im Palast wusste er, dass der König für diese Art von Vergnügen nichts übrig hatte und rieb ihm das

genussvoll unter die Nase.

»Wir halten unsere Bevölkerungszahlen seit vielen Generationen konstant«, sagte Helmut entschieden. »Muss ich euch wirklich an die heiligen Schriften erinnern? Seitdem der furchtlose Wonibalt zu Beginn unserer neuen Zeitrechnung als Erster eine Gruppe über den Todesfelsen geführt hat, folgen wir diesem Beispiel und es geht uns gut. Hunger, Wohnungsnot und Seuchen gehören der Vergangenheit an und sind uns nur noch aus sehr alten Schriften bekannt. Solange wir diese geregelten Selbstmorde beibehalten, wird es uns an nichts mangeln.«

»Aber genau dafür haben wir ja jetzt die Alternative«, erwiderte Hörg. »Kein Lemming muss sich mehr umbringen.«

»Schweig«, donnerte Helmut. »Ich will nichts mehr von diesem Unsinn hören. Ihr lästert damit gegen die heiligen Thesen unseres Propheten.«

»Vielleicht sollten wir zumindest einen Versuch machen, ob diese Bonbons funktionieren«, schlug Dieter vor. Der Hamster hatte bisher schweigend auf einem Teppich neben dem königlichen Thron gesessen und das Gespräch interessiert verfolgt.

»Halte du dich da raus!«, rief Helmut und warf Dieter einen bösen Blick zu.

»Aber ich bin dein Berater«, entgegnete der Hamster verwirrt.

»Nicht in diesen Fragen«, wiegelte Helmut ab.

»In welchen dann?«, wollte Hörg wissen und fing sich dafür einen Tritt von Henni ein.

»Bist du wahnsinnig«, zischte dieser leise. »Reiz den König nicht noch mehr. Sei froh, dass das außer uns keiner gehört hat.«

Außer den drei Lemmingen und Dieter war der Audienzsaal leer. Zumindest, wenn man die Fliegen nicht mitzählte, die an der großen Fensterscheibe

saßen, durch die das Licht in den Raum fiel.
Vor der verschlossenen Eingangstür standen zwei Wachen, um zu verhindern, dass sich ungebetene Gäste dem König näherten. Die meisten Einwohner in der Stadt waren froh, wenn sie Helmut nicht sahen. Deswegen bestand kaum die Gefahr, dass sich einer der Lemminge in den Palast verirrte. Aber man konnte ja nie wissen.
»Mit unseren Bonbons können wir die Massenselbstmorde stoppen«, unternahm Henni einen erneuten Versuch, Helmut zu überzeugen.
»Warum sollte ich das wollen? Es hat sich doch nie jemand über dieses Gesetz beschwert.«
»Weil *du* dann als der König in die Geschichte eingehen wirst, der den Lemmingen ein längeres Leben brachte«, antwortete Hörg.
»Und wenn ich das nicht will? Seit vielen Generationen folgen wir nun dem großen Propheten in das Totenreich. Ich sehe keinen Grund das zu ändern.«
»*Wir* folgen ihm«, verbesserte Henni den König.
»Was willst du damit sagen?«, blaffte Helmut.
»Dass du Wonibalt nicht folgst. Du bist der einzige Lemming, der sich nicht nach Vollendung seines fünfzehnten Lebensmonats von den Klippen stürzt.«
»Höre ich da leise Kritik?«, fragte Helmut scharf.
»Nein! Natürlich nicht«, versicherte Henni. »Vielleicht wäre es aber der richtige Zeitpunkt, die Gesetze zu überdenken.«
»Ich soll mich gegen die heiligen Thesen stellen?«, fragte der König und starrte den Erfinder aus funkelnden Augen an. »Niemals!«
»Vielleicht wäre Wonibalt nicht von den Klippen gesprungen, wenn er eine andere Lösung gehabt hätte«, warf Hörg ein. »Womöglich hätten ihn unsere Bonbons überzeugt.«

»Blasphemie«, schrie Helmut. Die Gesichtsfarbe des Königs nahm ein gefährliches Rot an und er griff sich mit der rechten Pfote an die Brust.

Dieter brachte sich in Sicherheit, indem er schnell ein paar Schritte vom König weg huschte. Böse Zungen behaupteten, dass seine Beziehung zum König alles andere als geschäftlich war. Glaubte man den Tratschweibchen im Palast beriet er ihn in ganz anderen Dingen. Gegen Helmuts Wutausbrüche war aber auch der Hamster machtlos.

»Ich werde es nicht dulden, dass ihr Wonibalts Namen weiter in den Dreck zieht«, schrie Helmut. »Dieter, hol die Wachen! Sie sollen diese beiden Ungläubigen in den Kerker werfen. Dort bekommen sie bis zu ihrem Todestag Gelegenheit, über ihr unsittliches Treiben nachzudenken.«

Dieter eilte zum Eingang, öffnete die Tür und wechselte ein paar Worte mit den Wachen.

»Schafft sie mir aus den Augen!«, befahl Helmut energisch, als die beiden Lemminge in den Raum traten. »Ich möchte diese Witzfiguren niemals wieder in meinem Audienzsaal sehen.«

Henni und Hörg wussten, dass es an diesem Tag keinen Sinn mehr machte, mit dem König zu sprechen. Sie ließen sich abführen, ohne sich zu wehren. Schon mehrmals waren sie nach einer Audienz in den Katakomben des Palastes gelandet. Bisher hatte es aber nie lange gedauert, bis man sie wieder an ihren Arbeitsplatz gelassen hatte. Beide vertrauten darauf, dass es auch diesmal so sein würde.

Helmut setzte sich erleichtert auf seinen Thron, als die Wachen mit den Erfindern verschwunden waren. »War es das für heute?«, fragte der König seinen Berater, der als Einziger bei ihm im Saal geblieben war.

»Leider nicht«, antwortete Dieter. »Draußen steht noch eine Gruppe von vier Männchen, die dich unbedingt sprechen wollen.«
»Lass sie herein«, sagte Helmut resignierend. »Schlimmer als mit den beiden Verrückten kann es jetzt auch nicht mehr werden.«

3

»Du weigerst dich also, dem furchtlosen Wonibalt in das gelobte Land zu folgen?«, stellte Helmut irritiert fest.
Der König wunderte sich, welch seltsame Stimmung an diesem Tag in seinem Volk zu herrschen schien. Während seiner fast zehnjährigen Regentschaft hatte nie ein Lemming die Massenselbstmorde infrage gestellt. Heute geschah dies nun schon zum zweiten Mal.
»Ich möchte einfach noch nicht sterben«, antwortete Hilmer. »Es erscheint mir nicht besonders sinnvoll, mich freiwillig den Todesfelsen hinunterzustürzen.«
»Es erscheint dir nicht besonders sinnvoll?« Helmut sah den Lemming vor sich amüsiert an.
»Mir gefällt mein Leben hier. Das sogenannte gelobte Land habe ich noch nie gesehen. Woher weiß ich, dass dort wirklich alles besser ist? Wer garantiert mir, dass es überhaupt existiert?«
»Du zweifelst also an den heiligen Schriften des furchtlosen Wonibalts«, stellte der König fest. »Hast du denn in der Schule nichts gelernt?«
»Wie kann ich an etwas glauben, dass ich niemals gesehen habe?«, fragte Hilmer.
»Wie meinst du das?« Einerseits wurde Helmut langsam ungeduldig und hatte keine Lust mehr sich weiterhin mit widerspenstigen Untertanen abzugeben,

andererseits interessierten ihn Hilmers Beweggründe. Wenn dessen Ansichten Schule machten, musste er etwas dagegen unternehmen. Die drei Vettern des Ungläubigen schienen dagegen tadellose Vertreter ihrer Art zu sein. Dennoch. Wenn sie energischer mit Hilmer umgegangen wären, gäbe es auch Turgi, Targi und Torgi inzwischen nicht mehr.

»Ich habe die heiligen Schriften niemals gesehen«, erklärte Hilmer.

»Ich kann dir versichern, dass sie existieren«, gab Helmut zurück.

»Das reicht mir nicht.«

»Was soll das heißen?«, fuhr der König Hilmer an. »Willst du damit sagen, dass ich mein Volk anlüge und betrüge?«

»Ich will nichts dergleichen sagen«, entgegnete Hilmer. »Ich will mich nur nicht wegen ein paar alter Schriften in den Tod stürzen. Warum reformieren wir unseren Staat nicht? Es muss doch andere Möglichkeiten geben, unsere Bevölkerungszahl in den Griff zu bekommen, als diese unsinnigen Todessprünge.«

»Es reicht!«, schrie Helmut und fuhr von seinem Thron auf. Dabei stieß er mit dem Fuß gegen einen Beistelltisch, auf dem ein paar Speisen und Getränke für den König bereitstanden. Zwei der Flaschen fielen um und zersprangen klirrend auf dem Steinboden des Audienzsaales. Dieter, der die ganze Zeit über neben seinem Herrn gelegen und so getan hatte, als ginge ihn das alles nichts an, sprang entsetzt auf und brachte sich in Sicherheit. Lediglich die Fliegen schienen sich für die auslaufenden Getränke zu interessieren. Sie landeten auf dem Tischchen und krabbelten auf die Lache zu, die sich langsam darauf ausbreitete.

Helmut war jetzt sauer und nicht gewillt, sich noch

weitere spitzfindige Fragen über den Wahrheitsgehalt der heiligen Schriften stellen zu lassen – weder von Hilmer noch von den anderen beiden Spinnern, die im Kerker auf seine Entscheidung warteten.

»Würdest du dich denn nicht freuen, wenn du einen liebgewonnenen Freund länger als ein paar Monate bei dir hättest?«, wollte Hilmer wissen.

Helmut, der gerade den Wachen den Befehl geben wollte, den Ungläubigen aus dem Saal zu schaffen, hielt überrascht inne. Über diese Frage hatte er sich in seinem bisherigen Leben noch keine Gedanken gemacht. Er hatte ja Dieter. Der Hamster lebte schon seit vielen Jahren im Palast. Das wechselnde Personal hatte der König nie richtig wahrgenommen.

»Wenn du ein Eheweib hättest, würdest du auch nicht wollen, dass sie dich verlassen muss, nachdem sie dir einen oder zwei Nachkommen geschenkt hat.«

»Schweig«, brüllte Helmut, dem innerhalb von Sekundenbruchteilen die Zornesröte ins Gesicht gestiegen war. Wenn es ein Thema gab, auf das man den König besser nicht ansprach, war es die Tatsache, dass er mit dem weiblichen Geschlecht nichts anfangen konnte und keine Nachkommen hatte. Wer König werden sollte, wenn Helmut einmal starb, war ihm egal. Vermutlich würde es der Lemming sein, der zu diesem Zeitpunkt am ältesten war. Freilich wäre dieser auch nicht viel älter und erfahrener als seine Artgenossen, weil ja alle nach Vollendung ihres fünfzehnten Lebensmonats sterben mussten.

»Sollen wir den Kerl in den Kerker werfen?«, fragte Dieter nach einer Weile, in der es im Saal so ruhig war, dass man das Fallen einer Stecknadel hätte hören können.

»Nein«, entschied Helmut. »Wir würden diesem Verräter einen Gefallen tun, wenn wir ihn in den Kerker werfen. Er muss sterben. Und das so schnell wie möglich. Ihr drei werdet dafür sorgen, dass euer Vetter noch heute von den Klippen des Todesfelsens springt. Und wenn ihr ihn hinunterwerfen müsst.«

Der König ging ein paar Schritte auf Turgi, Targi und Torgi zu, die sich in die hinterste Ecke des Saales verzogen hatten, um nicht Ziel des königlichen Zorns zu werden.

»Du kannst dich voll und ganz auf uns verlassen«, sagte Turgi.

»Wir werden dich nicht enttäuschen«, versicherte Targi.

»Der Ungläubige ist schon so gut wie tot«, behauptete Torgi.

»Ihr seid Verräter«, schimpfte Hilmer und wollte sich auf seine drei Vettern stürzen, doch Dieter sprang ihm in den Weg und knurrte ihn böse an. Jetzt hatte er fünf Personen gegen sich. Seine Chancen standen nicht gut.

»Du bist der Verräter«, entgegnete Turgi.

»Ohne dich wäre das alles nicht passiert«, stimmte Targi zu.

»Wir könnten längst tot sein«, jammerte Torgi.

»Es reicht«, unterbrach Helmut das Gespräch zwischen seinen Untertanen. »Ich bin hier der Boss. Ich bestimme, was geschehen wird, und ihr habt euch an meine Anweisungen zu halten. Der Geist des furchtlosen Wonibalts wacht über mich. Wer sich meinem Willen widersetzt, wird niemals in das gelobte Land eingelassen werden.«

Turgi, Targi und Torgi starrten den König entsetzt an. Jetzt stand auf einmal auch ihr persönliches Seelenheil auf dem Spiel. Das durfte nicht sein.

»Ihr drei seid verantwortlich dafür, dass Hilmer stirbt«, sagte der König. »Erst wenn ihr mir persönlich von seinem Tod berichtet, soll es euch selbst erlaubt sein, den Weg über die Todesklippe zu gehen.«

»Das ist nicht fair«, rief Turgi entsetzt.
»Wir haben nichts Ungesetzliches getan«, versuchte Targi den König zu überzeugen.
»Wir sind die Guten«, versicherte Torgi.
»Meine Entscheidung ist gefallen«, sagte Helmut. »Und jetzt geht. Ich habe genug für heute und will nichts mehr von diesem Unfug hören.«
Turgi, Targi und Torgi machten lange Gesichter, fügten sich aber ihrem Schicksal. Sie nahmen Hilmer wieder in die Mitte und führten ihn aus dem Palast.
»Ich hoffe, dass nicht noch mehr Lemminge vor der Tür stehen, welche die Lehren des furchtlosen Wonibalts anzweifeln«, seufzte der König.
»Für heute war es das«, sagte Dieter.
»Das ist gut. Ich bin müde und werde mich ein wenig ausruhen.«
»Ich werde dich begleiten«, entschied der Hamster. »Wollen wir doch einmal sehen, ob wir dich nicht auf andere Gedanken bringen können.«

4

»Habt ihr Blödmänner denn nicht ein bisschen Verstand im Kopf?«, jammerte Hilmer und wehrte sich verzweifelt gegen den Griff seiner Vettern. »Wo bleibt eure Familienehre?«
»Du musst gerade von Ehre sprechen«, schimpfte Turgi, tippte sich mit dem Zeigefinger an die Stirn und zeigte seinem Vetter so den Käfer.
»Du bist derjenige, der den Geist des heiligen Propheten mit Füßen tritt«, sagte Targi.
»Deine Seele wird in der Hölle schmoren«, prophezeite Torgi.
Die drei Brüder trugen Hilmer den Hang des Schicksalsberges hinauf. Dabei hielten Turgi und

Targi ihn an den Oberarmen fest. Torgi hatte ihn an den Füßen gepackt.

Hilmer musste alle Kraft aufwenden, um den Kopf aufrecht zu halten. An Gegenwehr war nicht zu denken. Hilmer dachte angestrengt über seine bescheidene Situation nach. Ein Ausweg wollte ihm jedoch nicht einfallen. Nach wie vor war er der Meinung, dass alles besser war als der Tod. Sogar ein Leben im dunkelsten Verlies von Helmuts Palast hätte er dem Sprung vom Todesfelsen vorgezogen.

An dem Wächter, der sie am Morgen zu König Helmut geschickt hatte, waren sie inzwischen schon vorbeigekommen. Der Soldat hatte Hilmer nur verächtlich angeschaut und den drei Brüdern viel Erfolg für ihre Mission gewünscht. Für ihn waren die vier Lemminge bereits tot.

»Jetzt denkt doch einmal nach«, unternahm Hilmer einen letzten, verzweifelten Versuch, seine Vettern zu überzeugen. »Was soll euch denn im sogenannten gelobten Land erwarten? Im besten Fall ist das Leben genauso wie hier. Daran glaube ich nicht.«

»Was passiert denn deiner Meinung nach, wenn wir sterben?«, wollte Torgi wissen.

»Ich weiß es nicht«, gab Hilmer zu. »Dennoch kann ich nicht glauben, dass alles besser werden wird.«

»Rede nicht mehr mit ihm«, wies Targi seinen Bruder zurecht. »Der Ungläubige will nur noch seine Haut retten.«

»Du kannst mich ruhig beim Namen nennen«, zischte Hilmer. »Ich bin dein Vetter, verdammt noch mal.«

»Du bist unserer Familie nicht mehr würdig«, sagte Turgi.

»Und wenn du nicht endlich aufhörst zu nörgeln, bekommst du eine Maulschelle«, drohte Targi. »Wir wollen die Sache einfach nur hinter uns bringen.«

»Du hast dir das alles selbst zuzuschreiben«, stellte

sich Torgi, den Hilmer noch am ehesten hätte überzeugen können, nun endgültig auf die Seite seiner Brüder.

Mittlerweile hatten die ehemals besten Freunde den Gipfel des Schicksalsberges fast erreicht. Die anderen Lemminge, die sich auf dem Weg zum Todesfelsen befanden, machten der eigenartigen Prozession Platz. Vermutlich hatte keiner von ihnen jemals davon gehört, dass man ein Mitglied ihrer Art hatte zwingen müssen, diesen Weg zu gehen.

»Jetzt haben wir unser Ziel endlich erreicht«, rief Turgi erleichtert aus.

»Nichts kann uns mehr aufhalten«, behauptete Targi.

»Wir werfen dich runter und springen dann hinterher«, freute sich Torgi.

Hilmer spürte wie ihm das Herz bis zum Hals schlug. Er wusste nicht, was er noch unternehmen sollte. Er war seinen Vettern körperlich weit unterlegen. Die Kerle würden nicht eher ruhen, bis sein Körper mit gebrochenen Knochen zwischen den Klippen lag. Auch von den Fliegen, die den Schicksalsberg umkreisten wie die Geier, konnte er keine Hilfe erwarten.

Die anderen Lemminge begannen nun damit, Turgi, Targi und Torgi anzufeuern. Sie boten den dreien sogar ihre Hilfe an, die diese aber stolz ablehnten. Hilmer erschrak bis ins Mark als er sah, wie sehr sich sein Volk darüber freute, dass einer der ihren mit Gewalt zum Tode gezwungen werden sollte.

Insgeheim hatte er auf Hilfe gehofft, merkte aber nun, dass er erst gar keinen Versuch unternehmen brauchte, einen der anderen auf seine Seite zu ziehen. Sie waren wie im Todesrausch und freuten sich so sehr auf ihren eigenen Tod, dass alles andere unwichtig geworden war. Auch Hilmer schloss langsam mit dem Leben ab. Den Jubelrufen entnahm er, dass direkt vor ihm einige seiner Artgenossen über den Todesfelsen gingen.

»Springst du freiwillig oder sollen wir dich hinunterwerfen?«, fragte Targi lachend, als sie die Kante erreichten.

Hilmer überlegte einen Moment. Wenn er sich freiwillig nach unten stürzte, hatte er zumindest noch eine Chance, Einfluss auf seinen Sturz zu nehmen. Wurde er geworfen, würden seine Vettern schon dafür sorgen, dass er sich nicht irgendwo an einem Felsvorsprung retten konnte.

»Ich werde mir nicht die Blöße geben, mich von euch Verrätern hinunterstoßen zu lassen«, erklärte Hilmer.

»Lasst mich los, ihr Blödmänner! Dann springe ich.«

»Nach diesen Sprüchen hättest du es verdient, dass wir dich auf die Klippen werfen«, zischte Turgi.

»Das wäre Mord«, entgegnete Hilmer. »Ich weiß nicht, ob der Geist des furchtlosen Wonibalts das gutheißen würde. Zumal Helmut gesagt hat, dass ihr mir die Chance zum Springen geben sollt.«

»Genug geredet«, erklärte Turgi und ließ Hilmer los.

»Genau. Es wird Zeit, dass wir endlich vorankommen«, sagte Targi.

»Es wird bald dunkel«, meckerte Torgi.

Hilmer ging an den Rand des Felsens und schaute nach unten. Seine Befürchtung, einer seiner Vettern könnte ihn stoßen, erwies sich als unbegründet. Scheinbar hatten Turgi, Targi und Torgi zu viel Angst, so dicht vor ihrem Ziel doch noch in der Hölle zu landen. Etwa zehn Meter unter sich entdeckte Hilmer einen Busch, dessen Wurzeln aus einem Felsspalt herausragten.

Mit ein bisschen Glück würden die Äste sein Gewicht tragen. Sicher hatte kein Lemming vor ihm versucht, sich so vor dem sicheren Tod zu retten. Die toten Körper zwischen den Klippen verrieten ihm, dass alle

anderen im Gegenteil sogar das Ziel hatten, möglichst weit von den Felsen wegzuspringen. Er wunderte sich darüber, wie wenige Leichen er in der Tiefe erblicken konnte. Sicher gab es einen Aufräumtrupp, der die Kadaver entfernte. Hilmer hatte noch nie davon gehört, was mit den Toten geschah. Im Moment hatte er aber andere Sorgen und konzentrierte sich auf seinen Sprung.
»Willst du ewig da stehen?«, fragte Turgi ärgerlich und tippte Hilmer auf die Schulter.
»Wenn du nicht gleich springst, stoßen wir dich doch«, drohte Targi.
»Du wirst heute sterben«, freute sich Torgi.
Hilmer ging einen Schritt vor und merkte, wie er den Boden unter den Füßen verlor. Dicht am Felsen stürzte er in die Tiefe und sah auf einmal den Busch direkt unter sich. Der Lemming griff mit beiden Pfoten nach den Ästen und hatte Glück, dass er einen davon mit der Rechten zu fassen bekam. Ein entsetzlicher Ruck zog durch seinen Arm und drohte, ihn aus der Schulter herauszureißen.
Hilmer zog sich am Ast hoch und fand in dem Busch sicheren Halt. Von dort aus sah er nach oben, wo ihm Turgi, Targi und Torgi mit den Fäusten drohten. Er hörte die Stimmen seiner drei Widersacher, konnte ihre Worte allerdings nicht verstehen.
Er war seinen Vettern fürs Erste entwischt. Aufgeben würden sie aber sicherlich nicht. Hilmer sah sich nun den Felsen etwas genauer an. Zu seiner Überraschung war die Wand längst nicht so glatt, wie er befürchtet hatte. Sicher. Der Abstieg war gefährlich. Unmöglich war er aber nicht. Begleitet von den Beschimpfungen und Drohungen seiner Vettern machte sich Hilmer auf den Weg nach unten. Als ihm eine der nervigen Fliegen zu nahe kam, nahm er einen Stein und zerschmetterte sie am Fels. Zufrieden

schaute er danach auf den reglosen, schwarzen Klumpen, der vor ihm an der Wand klebte.

5

»Wer bist du?«, fragte Hilmer und sah das Männchen verwirrt an, das in der Eingangstür der Wohnung stand, die er heute Morgen noch mit seinem Weibchen bewohnt hatte.
Hier stimmte etwas nicht.
»Mein Name ist Fred. Ich wohne hier.«
»Nein. Das tust du nicht«, sagte Hilmer, dessen Verwirrung sich jetzt in Ärger wandelte. »Das ist mein Appartement. Ich teile es mir mit meinem Weib Agnes.«
»Ach, du bist das«, sagte Fred, machte aber keinerlei Anstalten, Hilmer in die Wohnung zu lassen.
»Was soll das jetzt wieder heißen?«
»Agnes hat mir von dir erzählt. Ich dachte, du seist tot.«
»Wie du siehst, bin ich das nicht. Wo ist sie?«
»Sie ist unter der Dusche.«
Hilmer starrte Fred fassungslos an. Es fiel ihm schwer, seinen Zorn im Zaum zu halten. Offensichtlich hatte Agnes die Trauerzeit um ihn nicht über die Maßen ausgedehnt. Der Kerl musste direkt eingezogen sein, nachdem er selbst zum Schicksalsberg aufgebrochen war. Dieses treulose Weib konnte etwas erleben.
»Lass mich vorbei«, sagte Hilmer und hob die Faust.
»Ich war noch nie so lebendig wie jetzt. Das ist meine Wohnung.«
»Nicht mehr«, entgegnete Fred unsicher. »Agnes hat mir versichert, dass ich hier wohnen kann. Was willst du hier?«
»Was ich hier will?« Einen Moment lang glaubte

Hilmer sich verhört zu haben, schluckte seine Erwiderung dann aber herunter. Seine Wut wurde noch größer. Er hätte sich am liebsten auf den Fremden gestürzt und ihm mit seinen Fäusten gezeigt, was er von seinem Verhalten hielt. Das brachte Hilmer aber auch nicht weiter. Es war normal, dass sich ein Weibchen nach dem Tod des Ehemannes einen neuen Partner suchte. Dass Agnes aber noch nicht einmal eine Nacht allein geblieben war, ärgerte Hilmer maßlos. Fast sah es so aus, als hätte sie seinen Tod herbeigesehnt.

»Lass mich vorbei, sonst geschieht ein Unglück«, sagte Hilmer, nachdem er zweimal tief durchgeatmet hatte. Der drohende Unterton in seiner Stimme hatte Fred wohl überzeugt, und er gab den Weg frei.

Kaum war Hilmer in der Wohnung, spürte er, wie er erneut dicht vor einen Tobsuchtsanfall stand. Er ging zum Badezimmer und hämmerte mit den Fäusten gegen die Tür. »Komm sofort da raus! Ich weiß, dass du da bist, und werde nicht eher gehen, bis du mit mir gesprochen hast!«

Es dauerte nur wenige Sekunden, da öffnete sich die Tür. »Hilmer!«, rief Agnes überrascht. »Warum bist du denn nicht tot?«

»Diese Frage geht mir langsam gegen den Strich«, zischte Hilmer ärgerlich. »Es scheint keinen wirklich zu freuen, dass ich noch am Leben bin. Ihr müsst mich ja alle wirklich sehr vermissen.«

»Du siehst das völlig falsch«, versuchte Agnes einen Erklärungsversuch, aber Hilmer winkte nur ab.

»Wie kannst du nur so pietätlos sein, bereits am Tag meines geplanten Todes mit einem anderen in die Kiste zu springen?«

»Hilmer, du musst das verstehen.«

»Ich muss gar nichts. Du hättest ja wenigstens ein paar Tage warten können.«

»Du weißt, dass ich selbst nur noch zwei Monate zu leben habe«, entgegnete Agnes. »Wir haben keine Kinder, da kann ich ja nicht ewig warten.«

»Das habe ich ja auch gar nicht gesagt«, erwiderte Hilmer. Seine erste Wut verrauchte langsam und wich einer tiefen Traurigkeit. Seitdem er sich geweigert hatte, vom Todesfelsen zu springen, kamen ihm die Gesetze der Lemminge von Stunde zu Stunde unsinniger vor.

Das Verhalten seines Weibs gab ihm den Rest. Hilmer hatte drei Monate mit Agnes zusammengelebt und sie geliebt. Bis vor wenigen Minuten hatte er angenommen, dass sein Weib ihn genauso vergötterte wie er sie. Offensichtlich hatte sie ihn aber lediglich als Lustsklaven gesehen, den man beliebig austauschen konnte. Es lag nicht an zu wenigen Versuchen, dass die Partnerschaft der beiden Lemminge kinderlos geblieben war.

»Was willst du jetzt machen?«, fragte Agnes nach einer Weile.

»Wie meinst du das?«

»Du kannst nicht hierbleiben.«

»Das weiß ich, Agnes. Mach dir keine Sorgen. Ich werde dir und Fred nicht im Weg stehen.«

»Darum geht es nicht. Der König wird es nicht dulden, dass du dich gegen die Gesetze unseres Volkes stellst. Früher oder später werden sie hier auftauchen und dich suchen.«

»Das ist mir klar«, gab Hilmer zu. »Ich bin zu dir gekommen, weil ich gedacht habe, dass du dich freust. Das scheint aber leider nicht so zu sein.«

»Hilmer, was erwartest du eigentlich von mir?«, fragte Agnes mit feuchten Augen. »Ich gebe zu, dass ich vielleicht einige Tage hätte warten sollen, bevor ich Fred zu mir hole. Ich konnte aber die Einsamkeit nicht ertragen. Ich musste doch denken, dass du nicht

zurückkommst. Noch nie ist jemand vom Schicksalsberg zurückgekommen.«
»Dann bin ich eben der Erste«, erwiderte Hilmer. »Ich werde mich nicht freiwillig in den Tod stürzen. Und das solltest du auch nicht tun. Ich dachte, wir gehören zusammen.«
»Ich kann dir nicht helfen, so gerne ich es auch täte.«
»Das weiß ich«, sagte Hilmer traurig. »Ich bin zu einem Aussätzigen geworden. Zu einem Schandfleck unseres Volkes der zu niemandem mehr gehen kann. Ich kann verstehen, dass Turgi, Targi und Torgi mir nicht helfen wollen. Die wissen es nicht besser und sehnen sich nach ihrem gelobten Land. Von dir hatte ich etwas mehr erwartet.«
»Das ist nicht fair.«
»Nein, Agnes. Das ist es nicht.«
»Ich denke, du solltest jetzt verschwinden«, sagte Fred, der die ganze Zeit über im Flur gestanden und das Gespräch verfolgt hatte.
Hilmer drehte sich zu seinem Nachfolger um. Jede Zelle seines Körpers sehnte sich danach, ihm das dämliche Grinsen aus dem Gesicht zu prügeln. Der Mistkerl hatte aber mit einem Recht: Hilmer musste verschwinden. Auch wenn er nicht wusste, wohin.
»Was willst du jetzt machen?«, wollte Agnes wissen.
»Das weiß ich noch nicht. Ich werde aber nicht hierher zurückkommen.«
Fred schien etwas sagen zu wollen, verstummte aber sofort, als er in Hilmers Gesicht sah. Den hielt jetzt nichts mehr. Irgendwo in den Vororten der Stadt würde er schon jemanden finden, der ihm half. Er musste ja nicht erwähnen, dass er den fünfzehnten Lebensmonat bereits überschritten hatte. Wortlos drehte er sich um, ließ Agnes einfach in der Badezimmertür stehen und ging an Fred vorbei in

Richtung Ausgang. Die beiden Frischverliebten sollten die Tränen in seinen Augen nicht sehen.

6

Als Hilmer auf die Straße trat, lief er direkt in die Arme seiner engstirnig Vettern, die sich grinsend vor ihm aufbauten.

Die haben mir gerade noch gefehlt, dachte der Lemming, wusste aber, dass er den Brüdern dieses Mal nicht so leicht entkommen konnte.

»Ja, wen haben wir denn da?«, fragte Turgi mit einem süffisanten Grinsen im Gesicht.

»Es freut uns außerordentlich, dich zu sehen«, rief Targi.

»Wir dachten schon, wir hätten dich für immer verloren«, flachste Torgi.

»Was wollt ihr von mir?«

»Das ist jetzt aber eine wirklich dumme Frage«, stellte Turgi fest. »Hast du denn gedacht, du kannst deinem Schicksal so einfach entkommen?«

»Warum lasst ihr mich nicht einfach in Ruhe und springt von den Klippen?«, fragte Hilmer, dem seine drei Vettern tierisch auf die Nerven gingen. Es wäre aber auch zu schön gewesen, wenn er sie niemals wieder gesehen hätte.

»Der König hat gesagt, dass wir nicht ins gelobte Land kommen, wenn wir über den Schicksalsberg gehen, bevor du tot bist. Du siehst also, dass wir keine andere Wahl haben.«

»Turgi, das ist Unsinn«, erklärte Hilmer. »Wie soll Helmut denn den Weg eurer Seelen bestimmen?«

»Das muss er nicht«, antwortete Turgi.

»Wonibalt selbst wird sehen, ob wir unseren Befehl befolgen«, erklärte Targi.

»Er wacht über sein Volk«, belehrte Torgi seinen Vetter.

»Ihr seid noch dümmer, als ich gedacht habe«, sagte Hilmer resignierend. Er wusste nicht, wie er den dreien erklären sollte, dass Helmut sie alle hinterging und es keinesfalls nötig war, dass so viele Artgenossen freiwillig in den Tod gingen. Er selbst war mittlerweile fest davon überzeugt, dass Helmut die heiligen Schriften des furchtlosen Wonibalts falsch deutete.

Wenn diese überhaupt existierten.

Er glaubte nicht mehr an das gelobte Land und ärgerte sich darüber, wie leicht er sich so lange von diesem Unsinn hatte blenden lassen.

»Es ist vorbei«, sagte Turgi und klopfte Hilmer auf die Schulter. »Du hast alles versucht, du kannst aber deinem Schicksal nicht entrinnen.«

»Dein Tod ist so sicher wie die Tatsache, dass Fred Agnes schwängern wird«, lachte Targi und traf Hilmer damit an seinem wundesten Punkt.

»Sie wird die nächsten Wochen noch einmal genießen können«, trat Torgi nach.

»Lasst mein Weib aus dem Spiel!«, schimpfte Hilmer zornig und überlegte einen Moment lang, auf welchen seiner drei Vettern er sich zuerst stürzen wollte. Waren sie ihm bisher mit ihrem Gefasel über das gelobte Land einfach nur auf die Nerven gegangen, begann er jetzt langsam, aber sicher die drei Brüder zu hassen.

»Agnes ist nicht mehr dein Weib«, sagte Targi noch immer grinsend. »Du wirst heute sterben. Diesmal werfen wir dich persönlich vom Todesfelsen hinunter. Und genau da gehen wir jetzt hin.«

Hilmer lief schweigend zwischen Turgi, Targi und Torgi her. Der Blamage, von den Brüdern den Hang hinaufgeschleppt zu werden, wollte er sich nicht noch einmal aussetzen. Seine Angst hielt sich zu seiner eigenen Überraschung in Grenzen. Immerhin hatte er den Todesfelsen bereits einmal bezwungen. Warum sollte ihm das nicht noch einmal gelingen? Mit unterschiedlichen Zielen erreichten die vier Lemminge so zum dritten Mal an diesem Tag den Wachposten am Fuße des Schicksalsberges.

»Ich seid ja schon wieder hier«, stellte der Wächter überrascht fest. »Was treibt ihr hier für ein eigenartiges Spiel?«

»Der da hat den Sprung überlebt«, sagte Targi und deutete auf Hilmer.

»Er hat was?«

»Er konnte sich an einem Busch festhalten und den Rest des Berges hinunterklettern«, antwortete Turgi.

»Das hat vor ihm noch keiner geschafft«, sagte der Wächter. Der Blick, den er Hilmer zuwarf, zeigte eine Mischung aus Anerkennung und Überraschung.

»Normalerweise versucht das ja auch niemand«, sagte Turgi verächtlich.

»Das ist keine Tat, auf die man stolz sein kann«, behauptete Targi.

»So verhält sich ein Lemming nicht«, stellte Torgi fest.

»Passt auf, dass euch der Kerl nicht wieder entwischt«, sagte der Wächter zum Abschied und sah Turgi, Targi, Torgi und Hilmer kopfschüttelnd nach. Beim abendlichen Bier in der Taverne, würde er seinen Kollegen etwas zu erzählen haben. Die Kunde, vom Lemming der nicht sterben wollte, würde die Runde machen und weitere Zweifler auf den Plan rufen, die Hilmers Ansichten vielleicht teilten. König Helmut konnten die Entwicklungen nicht gefallen. Ganz und gar nicht.

Diesmal machten die Lemminge den Brüdern keinen Platz. Inzwischen hatte jeder von ihnen Angst, es vor Einbruch der Dunkelheit nicht mehr nach oben zu schaffen. Zu lange schon standen sie selbst am Hang

und warteten darauf, den Todesfelsen endlich zu erreichen. Die Sonne hatte ihren höchsten Stand schon lange überschritten, als die vier die Kante erreichten, von der aus sie in die Tiefe springen konnten.
Hilmer hatte sich den ganzen Weg über nicht mehr gewehrt und seine Vettern so in Sicherheit gewiegt. Das änderte er nun. Ehe einer der Brüder überhaupt reagieren konnte, stürmte der vermeintliche Volksverräter zwischen Turgi, Targi und Torgi hindurch und ließ sich einfach in den Abgrund fallen. Die genaue Lage des Busches hatte er sich gemerkt und baute darauf, dass er ihn auch diesmal auffangen würde.
»Du bist ein verdammter Drecksack«, brüllte Turgi seinem Vetter nach, konnte ihn aber nicht aufhalten.
Hilmer ließ sich nicht beirren. Wie bereits am Vormittag schaffte er es, den Busch als Halt zu nutzen. Er schaute nach oben, um seinen Vettern ein paar hämische Worte zuzurufen und erschrak, als er sah, dass ihm Turgi hinterhergesprungen war.
»Diesmal entkommst du uns nicht«, schrie Targi und folgte seinem Bruder.
Auch Torgi schien zu allem entschlossen zu sein. Er ließ sich fallen, um die Jagd auf den Verräter aufzunehmen. Hilmer musste sich jetzt beeilen, wenn er nicht doch noch erwischt werden wollte, und begann mit dem Abstieg.
»Ich kriege dich«, zischte Turgi, der sich an einem Ast festhielt, und nur noch wenige Meter von Hilmer entfernt war.
Der Flüchtling hetzte den steilen Hang hinunter und musste dabei aufpassen, nicht den Halt zu verlieren. Gegenüber seinen Verfolgern hatte er den Vorteil, dass er diesen Weg schon einmal gegangen war. Abschütteln ließen sich die drei Brüder aber trotzdem

nicht.

»Hilmer, bleib stehen!«, schrie Turgi, als sie den Boden erreichten, doch der rannte weiter, als säße ihm der Teufel persönlich im Nacken.

»Wir kriegen dich!«, ächzte Targi, der Hilmer am dichtesten auf den Fersen war.

»Damit kommst du nicht durch!«, fluchte Torgi und bückte sich nach einem Stein. Mit diesem zielte er auf seinen Vetter und warf.

Hilmer spürte einen Schlag gegen den Hinterkopf. Er kam ins Straucheln und fiel. Ehe er auch nur einen Versuch unternehmen konnte, aufzustehen und seine Flucht fortzusetzen, waren Turgi und Targi bei ihm. Die beiden Lemminge prügelten auf ihren Vetter ein, bis dieser das Bewusstsein verlor.

7

»Hilmer, du bist ein Querulant!«, sagte Helmut und deutete mit dem ausgestreckten Zeigefinger auf den ehrlosen Lemming.

Der stand zwischen seinen Vettern und hätte sich am liebsten in einem Erdloch verkrochen. Sein Schädel brummte und, wenn er an die Stelle fasste, wo in der Stein getroffen hatte, konnte er die stetig anwachsende Beule fühlen. Die Schmerzen waren unerträglich.

»Meinst du nicht auch, dass du uns langsam genug Scherereien gemacht hast?«, wollte der König wissen.

»Nein«, antwortete Hilmer. »Ganz im Gegenteil. Ich werde mich nicht freiwillig beugen und um mein Leben kämpfen.«

Helmut war sichtlich überrascht und runzelte die Stirn.

»Du wirst zugeben müssen, dass du jetzt nicht mehr viel ausrichten kannst. Du hast verloren.«

»Noch lebe ich.«
»Nicht mehr lange«, sagte Helmut und grinste Hilmer dämlich an.
»Das hast du schon einmal gesagt.«
»Diesmal werde ich es aber nicht drei völlig verblödeten Witzfiguren überlassen, dich umzubringen, sondern die Sache selbst in die Pfote nehmen.«
»Wir können nichts dafür, dass der Kerl noch lebt«, entrüstete sich Turgi.
»Wir haben unser Bestes gegeben«, sagte Targi.
»Es gibt keinen Grund, uns die Schuld in die Schuhe zu schieben«, stellte auch Torgi fest.
»Haltet die Klappe und setzt euch in die Ecke«, sagte Helmut entschieden. »Mit euch werde ich mich später beschäftigen.«
Hilmer gewann den Eindruck, dass der König wesentlich ausgeglichener war als am Vormittag. Seine Laune hatte sich erheblich gebessert, obwohl er sich immer noch mit einem Ungläubigen auseinandersetzen musste, dessen Ansichten ihn aufregten. Auch Dieter stellte ein zufriedenes Grinsen zur Schau. Der fette Hamster lag neben dem Thron und streckte alle viere von sich, als gingen ihn die Probleme des Königs nichts an. Die beiden hatten offensichtlich einen vergnüglichen Mittag hinter sich.
»Dein Mut imponiert mir«, sagte der König schließlich. »Du wirst aber einsehen müssen, dass ich nicht dulden kann, dass sich einer meiner Untertanen offen gegen die Lehren des furchtlosen Wonibalts stellt. Ich verliere an Glaubwürdigkeit, wenn ich dich am Leben lasse.«
»Es muss ja keiner wissen«, sagte Hilmer. Für einen Augenblick sah er eine Chance, dass ihn Helmut doch noch verschonen würde.
»Ich habe eine bessere Idee«, sagte der König. »Wir

werden dich öffentlich hinrichten und dem Volk damit zeigen, dass der vorbestimmte Weg eingehalten werden muss. Außerdem wird den Leuten das Spektakel gefallen. Sie freuen sich über jede Abwechslung in ihrem langweiligen Leben.«

Hilmer seufzte enttäuscht. Es wäre auch zu schön gewesen, wäre der König von seinen grotesken Vorstellungen abgewichen. Im Moment wusste er nicht, wie er Helmut und seinen Mannen entkommen konnte. Auch seine hirnlosen Vettern würden sich ganz sicher weiterhin gegen ihn stellen. Hinzu kamen die nach wie vor mörderischen Kopfschmerzen. Die Lage wurde immer hoffnungsloser.

»Wie soll der Verräter denn sterben?«, fragte Turgi neugierig.

»Wir haben noch nie von einer Hinrichtung gehört«, sagte Targi.

»Das wird ein Riesenspaß«, freute sich Torgi.

»Ich habe euch gesagt, ihr sollt still sein«, fuhr Helmut die drei Brüder an. Dann wandte er sich an seinen Berater. »Wach auf Dieter. Wir haben ein Problem.«

»Ich schlafe nicht«, sagte der Hamster und setzte sich auf. Sein Bauch reichte dabei bis auf den Boden und schien auch seinen Kopf nach unten zu ziehen.

»Hast du eine Idee, wie wir den Kerl in Wonibalts Reich schicken können?«

»Ich dachte, Hilmer kommt nicht in das gelobte Land«, rief Turgi überrascht.

»Er hat diese Ehre nicht verdient«, regte sich Targi auf.

»Das ist ungerecht«, moserte Torgi.

»Ihr sollt die Klappe halten!«, schrie Helmut. »Wenn ihr euch noch einmal einmischt, werde ich dafür sorgen, dass auch ihr niemals ins Angesicht des Propheten blicken werdet!«

Während Helmuts Gesicht sich vor Wut rot färbte,

musste sich Hilmer ein Grinsen verkneifen. Es war nicht leicht, längere Zeit mit Turgi, Targi und Torgi in einem Raum zu sein. Dies hatte er in den letzten fünfzehn Monaten zur Genüge erfahren. Trotz seiner prekären Situation bereitete es ihm Spaß zu sehen, wie der König wegen der drei Spinner langsam die Geduld verlor.

»Wir könnten ihn von den Klippen werfen«, sagte Dieter nach einer Weile und lächelte seinen Chef an.

»Bist du eigentlich völlig bescheuert? Das haben diese drei Vollidioten schon zweimal versucht. Wir müssen eine andere Möglichkeit finden.«

Turgi schien sich gegen diese Bemerkung wehren und zu einer Erwiderung ansetzen zu wollen, schluckte die Worte aber herunter, als er den drohenden Blick sah, den der König ihm zuwarf.

»Wir könnten ihn erschießen«, schlug Dieter schließlich vor.

»Das klingt schon besser«, gab der König zu. »Wir haben aber keine Waffen. Bisher war es nie notwendig, einen Lemming mit der Todesstrafe zu belegen.«

»Dann hängen wir ihn auf«, sagte der Hamster.

»Eine fabelhafte Idee«, freute sich Helmut. »Das Schauspiel wird unserem Volk sicherlich gefallen. Jetzt brauchen wir nur noch einen Galgen.«

»Den müssen wir eben bauen«, schlug Dieter vor.

»Weißt du, wie das geht?«

»Nicht genau«, gab der Hamster zu. »In meiner Heimat habe ich so was aber schon einmal gesehen. So schwer kann das nicht sein.«

»Schön! Dann wirst du die Herstellung des Galgens überwachen.« Helmut war sichtlich zufrieden mit dem Lauf der Dinge. Eine öffentliche Hinrichtung würde dem Volk gefallen. Er selbst konnte die Gelegenheit nutzen, sich seinen Untertanen zu präsentieren.

»Was ist mit uns?«, fragte Turgi, der jetzt, wo das Problem geklärt war, wieder den Mut fand, den König anzusprechen.

»Ihr könnt nach Hause gehen. Haltet euch dort bereit. Wir werden euch rufen, damit ihr beim Bau des Galgen helfen könnt.«

»Das ist nicht fair«, beschwerte sich Targi. »Heute sollte unser Todestag sein.«

»Ich habe euch gesagt, dass ihr nicht eher zum Schicksalsberg dürft, bis Hilmer tot ist. Dabei bleibt es. Ihr tragt einen Teil der Schuld, dass euer Vetter noch lebt. Strafe muss sein.«

Turgi, Targi und Torgi schauten betreten zu Boden. Sicher hatten sie gehofft, noch an diesem Tag vom Todesfelsen springen zu dürfen. Das war jetzt auf unbestimmte Zeit verschoben. Hilmer war sich sicher, dass es ein paar Tage dauern würde, bis der Galgen fertig war. Besonders, da Dieter die Arbeiten leitete.

»Was machen wir mit dem Verräter?«, fragte eine der Wachen.

»Werft ihn in den Kerker«, entschied der König.

»Aber dort sitzen auch noch die beiden Verrückten«, warf der Lemming ein.

»Die werden sich schon nicht gegenseitig umbringen.« Helmut brach ihn schallendes Gelächter aus und auch Dieter freute sich über den Scherz seines Herrn.

Als Hilmer sich zu den beiden Wachlemmingen umdrehen wollte, bekam er einen Schlag gegen den Hinterkopf. Bevor er sich darüber beschweren konnte, dass der Hieb die Stelle getroffen hatte, an der bereits eine Beule wuchs, verlor er das Bewusstsein und ging zu Boden.

8

»Ich glaube er wacht auf.«
»Das wurde ja auch Zeit. Der Typ pennt schon einen halben Tag lang.«
»Er hat aber auch mächtig eins auf die Rübe bekommen.«
»Das stimmt. Die Beule ist beachtlich. Es wird einige Zeit dauern, bis die Schwellung weg ist.«
»Wenn er das überhaupt noch erlebt.«
»Eher nicht.«
»Vermutlich hast du recht.«
Hilmers Stöhnen unterbrach den Dialog. Der Lemming schlug die Augen auf und blickte auf zwei ihm unbekannte Gesichter. Sie mussten zu den Stimmen gehören, die er nach seinem Erwachen vernommen hatte.
»Wo bin ich?«, fragte Hilmer benommen. Die Schmerzen in seinem Kopf waren unerträglich und er musste den Brechreiz unterdrücken. So schlecht hatte er sich in seinem ganzen Leben noch nicht gefühlt. Dankbar nahm er einen Becher mit Wasser entgegen und trank vorsichtig einen Schluck.
»Du bist im Kerker des königlichen Palasts«, sagte der Mitgefangene, der Hilmer zu trinken gegeben hatte. Diesem fiel auf, dass der Fremde für einen Lemming sehr ungewöhnliche Ohren hatte.
»Du musst Helmut mächtig geärgert haben«, sagte der Zweite. »Ich habe noch nie erlebt, dass er außer meinem Bruder und mir jemand anderen in den Kerker werfen ließ.«
»Wer seid ihr?«
»Ich bin Hörg«, sagte der Lemming mit den abstehenden Ohren.
»Mein Name ist Henni«, sagte der andere. »Wir sind Erfinder und arbeiten für Helmut. Zumindest dann,

wenn er einmal gerade nicht sauer auf uns ist. Wie heißt du?«

»Hilmer. Ich habe mich geweigert vom Todesfelsen zu springen und die heiligen Schriften des furchtlosen Wonibalts infrage gestellt. Das hat Helmut nicht gefallen.«

»Das kann ich mir vorstellen«, lachte Henni. »Der König mag es nicht, wenn jemand von seinen Gesetzen abweicht.«

»Wir teilen seine Ansichten ebenfalls nicht«, sagte Hörg.

»Dann habt ihr euch ebenfalls geweigert, über den Schicksalsberg zu gehen?«, wollte Hilmer wissen.

»Nein«, antwortete Hörg. »Wir sind erst 14 Monate alt.«

»Warum seid ihr dann im Kerker?«

»Helmut war mit unserer Erfindung nicht zufrieden«, antwortete Hörg.

»Dabei haben wir die Lösung für alle Probleme«, erklärte Henni.

»Wie das?« Hilmer trank noch einen Schluck Wasser und spürte, wie es ihm langsam etwas besser ging. Lediglich die Kopfschmerzen drohten, ihn in den Wahnsinn zu treiben.

»Wir haben ein Kaubonbon erfunden, das verhindert, dass unsere Weibchen trächtig werden.«

»Damit könnten wir unsere Bevölkerung regulieren«, ergänzte Henni die Erklärung seines Bruders.

»Damit wären die Selbstmorde nicht mehr notwendig«, erkannte Hilmer. »Das ist brillant.«

»Leider sieht das Helmut ein bisschen anders«, klagte Henni.

»Der kann mit Weibchen nichts anfangen und versteht nicht, wie wunderbar die Kaubonbons für uns Männer wären. Wir könnten uns so oft paaren, wie wir wollten, ohne hinterher Windeln wechseln zu müssen.« Hörg blickte verträumt in die Luft und auch Hennis Blick verriet, dass er die Vorzüge dieser Kaubonbons durchaus zu schätzen wusste.

»Ihr seht nicht wie Brüder aus«, sagte Hilmer nach einer Weile.

»Wie kommst du darauf?«, entgegnete Hörg.

»Ich habe noch nie solche Ohren gesehen wie deine.« Hilmer wollte seinen Leidensgenossen keinesfalls beleidigen, konnte seine Neugierde aber nicht mehr im Zaum halten.

»Meine Mutter war eine Spitzmaus«, erklärte Hörg mit leicht beleidigtem Unterton in der Stimme. »Sie hat die Gegend verlassen, nachdem ihr vierter Ehemann über den Todesfelsen gegangen war. Jetzt lebt sie irgendwo weit weg und will nichts mehr mit uns Lemmingen zu tun haben.«

»Das ist traurig«, sagte Hilmer.

»Ja, das ist es. Ich bin aus Mutters zweiter Ehe hervorgegangen. Ihr dritter Gatte brachte dann Henni mit. So wurden wir Brüder und nach anfänglichen Streitigkeiten auch Freunde.«

»Jetzt verstehe ich, warum ihr nach einer Alternative für die Massenselbstmorde sucht.«

»Dumm ist nur, dass wir drei die Einzigen sind, die das so sehen«, sagte Henni. »Wir müssen einen Weg finden, wie wir unserem Volk die Augen öffnen können.«

»Das wird Helmut niemals zulassen«, warf Hilmer ein.

»Er verweist auf die heiligen Schriften, die er über alles stellt. Damit ist er über jeden Zweifel erhaben. Zumindest sieht er das so. Wir müssen Wonibalts Aufzeichnungen finden, die außer dem König niemand zu sehen bekommt.«

»Henni hat recht«, bekräftige Hörg die Aussage seines Bruders. »Die Frage ist nur, wie wir das anstellen wollen.«

»Ich will euch ja nicht den Mut nehmen«, sagte Hilmer niedergeschlagen. »Aber wir können gar nichts tun. Wir sitzen im Kerker und zumindest ich werde innerhalb der nächsten Tage hingerichtet.«

»Helmut will dich hinrichten?«, fragte Henni überrascht. »Wie denn?«

»Dieter soll einen Galgen bauen.«

»Dies wird dem fetten Hamster nicht so schnell gelingen«, sagte Hörg.

»Trotzdem ist meine Chance vertan.«

»Das ist sie nicht«, sagte Henni entschieden.

»Aber wir sitzen im Kerker«, schimpfte Hilmer. »Was willst du denn dagegen tun?«

»Wir sind nicht wirklich gefangen«, antwortete Henni grinsend.

»Wie meinst du das?«

»Ganz einfach, Hilmer. Das Schloss ist kaputt.«

»Das ist nicht dein Ernst.«

»Doch«, sagte Henni. »Ich sagte dir doch, dass der König sehr selten auf den Kerker zurückgreift. Kaum ein Lemming wagt es, gegen seine Gesetze zu verstoßen. Die meisten sehen dafür ja nicht einmal einen Grund. Warum sollte Helmut dann Geld für die Instandhaltung des Kellers verwenden?«

»Willst du damit sagen, dass wir einfach so hier herausspazieren könnten?«

»Genau das«, antwortete Henni grinsend.

»Warum tut ihr es dann nicht?«

»Was würde uns das bringen?«, stellte Hörg die Gegenfrage. »Wir sind schon ein Dutzend Mal von Helmut in den Kerker gesteckt worden. Bisher hat er uns immer nach ein oder zwei Tagen wieder freigelassen. Die meisten unserer Erfindungen findet der König hilfreich. Er hofft, dass wir ihm noch einige Dinge bauen, die ihm das Leben erleichtern. Der Tag unseres Selbstmordes liegt noch einen Monat entfernt. Wir haben nicht die Not aus dem Palast zu fliehen.«

»Weiß Helmut, dass das Schloss kaputt ist?«, fragte Hilmer. Er konnte kaum glauben, was die beiden Brüder ihm hier erzählten. Konnte die Flucht wirklich so einfach sein? Obwohl – Wächter hatte er hier unten noch keine gesehen. Nicht einmal die Fliegen, die sich sonst überall im Palast ausbreiteten, verirrten sich in den Kerker. Was hielt ihn also hier?

»Der König selbst kommt nie hierher«, erklärte Henni. »Die Wächter machen sich keine Gedanken um die Tür. Es ist ja noch nie jemand geflohen.«

»Es wird aber auffallen, wenn ich das jetzt tue.«

»Das mag sein«, gab Hörg zu. »Dennoch kannst du nicht hierbleiben. Ich glaube zwar auch nicht, dass Dieter in der Lage ist, den Galgen über Nacht zu errichten, verlassen würde ich mich darauf allerdings nicht. Du musst fliehen.«

»Aber was soll ich machen?«

»Wir müssen die heiligen Schriften des furchtlosen Wonibalts finden«, sagte Henni bestimmt. »Eine andere Möglichkeit gibt es nicht.«

»Wo wollt ihr mit der Suche beginnen?«, fragte Hilmer.

»Das weiß ich nicht«, antwortete Henni. »Uns wird aber schon etwas einfallen. Wir können die Zelle verlassen und morgens immer wieder zurückkehren. Niemand wird merken, dass wir fort waren.«

»Und wenn Helmut das Schloss reparieren lässt?«

»Wir werden ihm bestimmt nicht sagen, dass es kaputt ist«, lachte Hörg. »Wir behaupten einfach, dass du uns niedergeschlagen hast und wir nicht wissen, wie du geflohen bist.«

»Und wenn sie euch nicht glauben?«, fragte Hilmer. Er war noch nicht davon überzeugt, dass dieser Plan funktionieren konnte und wollte nicht, dass sich Henni und Hörg wegen ihm in Gefahr begaben.

»Wenn etwas schiefgeht, musst du uns eben befreien«, sagte Henni. »Auf keinen Fall kannst du hierbleiben.«

»Wir treffen uns morgen bei Sonnenaufgang am Personaleingang des Palastes«, entschied Hörg. »Der Küchentrupp ist dann schon an der Arbeit und alle anderen schlafen noch. Dann können wir besprechen, wie es weitergeht. Bis dahin versuchen wir herauszufinden, wo Helmut die heiligen Schriften versteckt.«

»Einverstanden«, sagte Hilmer schließlich. Er war noch immer nicht vollständig überzeugt, sah aber ein, dass er keine andere Wahl hatte. Henni und Hörg kannten den König besser und waren auch mit den Gegebenheiten im Palast vertraut. Sie würden sich zu helfen wissen. Er selbst würde sich einen Unterschlupf suchen, wo er den Tag und die Nacht verbringen konnte.

9

Hilmer hatte keine Mühe, den Weg zum Hinterausgang des Palastes zu finden. Unterwegs begegnete ihm noch nicht einmal jemand. Als er auf die Straße trat, sah er, dass die Sonne bereits langsam wieder unterging. In etwa einer Stunde würde es dunkel sein. *Umso besser*, dachte der Lemming. *Dann erkennt mich wenigstens niemand.*

Die Zeit bis zum nächsten Morgen konnte noch ganz schön lang werden. Hilmer wusste nicht so recht, wohin er nun gehen sollte. Eine Wohnung hatte er nicht mehr und es schien ihm zu riskant, irgendwo ein Zimmer zu mieten. Im Freien wollte er die Nacht aber auch nicht verbringen.

Der Flüchtling entschloss sich, an der Rückseite des Palastes entlang zu gehen. Vielleicht gab es dort ein Gartenhaus, in dem er Unterschlupf finden konnte. Als er jedoch die königlichen Grünanlagen erreichte, traf es ihn wie ein Schlag in den Nacken.

»Ich wusste doch, dass man diesem Kerl nicht trauen kann«, sagte Turgi und sprang auf.

»Wie hat er es bloß geschafft, aus dem Kerker zu entkommen?«, fragte Targi.

»Sicher hat er Hilfe gehabt«, vermutete Torgi.

»Was macht ihr denn hier?« Hilmer hätte nicht gedacht, dass er seine drei Vettern so schnell wiedersehen würde. Sie saßen im Garten inmitten eines Skulpturenparks, der dem furchtlosen Wonibalt gewidmet war, und schauten den Flüchtigen böse an. Sie hatten sich bereits zu einer wirklichen Plage entwickelt. Warum nur hatten sie sich ausgerechnet diesen Platz zum Ausruhen ausgesucht?

»Wir betrachten die wunderbaren Anlagen«, antwortete Turgi und grinste Hilmer an.

»Dafür haben wir jetzt viel Zeit«, sagte Targi.

»Eigentlich sollten wir ja bereits tot sein«, fügte Torgi hinzu.

»Was wollt ihr?«

»Nur mit dir reden«, antwortete Turgi.

»Und das soll ich euch glauben?«

»Warum nicht?«, fragte Targi zurück.

»Als wir uns das letzte Mal gesehen haben, wolltet ihr mich die Klippen hinunterwerfen. Ich glaube nicht, dass ihr eure Meinung geändert habt.«

»Das ist ungerecht«, stellte Torgi fest. »Du tust ja gerade so, als wären wir an allem schuld.«

»Natürlich seid ihr das«, entgegnete Hilmer. »Wenn ihr mich einfach in Ruhe gelassen hättet, wärt ihr jetzt tot und ich hätte meine Ruhe. Aber das konntet ihr ja nicht tun. Ihr musstet euch ja als die großen Helden aufspielen und mich zu Helmut schleifen. Ihr habt es euch selbst zuzuschreiben, dass ihr noch lebt.«

»Wir müssen jetzt einfach das Beste aus der Situation machen«, sagte Turgi.

»Wie meinst du das?«

»Ganz einfach, Hilmer«, erklärte Targi. »Wir können dich nicht einfach so gehen lassen. Es wird noch ein paar Tage dauern, bis dieser unfähige Hamster den Galgen errichtet hat.«

»Bis dahin werden wir bei dir bleiben«, entschied Turgi.

»Oder anders gesagt, du bei uns«, korrigierte Torgi seinen Bruder.

»Das meint ihr nicht ernst«, sagte Hilmer.

»Oh doch«, widersprach Turgi.

»Du wirst uns nicht wieder los«, sagte Targi.

»Finde dich damit ab«, schlug Torgi vor. »Dann wird es für uns alle leichter.«

»Ich glaube euch kein Wort«, sagte Hilmer und schüttelte den Kopf. Ihm war bewusst, dass seine Vettern jede Chance ihn zu töten nutzen würden. Egal, wie weit Dieter mit dem Galgen war. Er durfte ihnen nicht trauen.

»Du tust uns unrecht«, sagte Turgi und lächelte Hilmer schief an. »Wir wollen doch nur dein Bestes.«

»Ihr wollt meinen Tod.«

»Das ist das Gleiche«, behauptete Targi.

»Wie stellt ihr Witzfiguren euch das vor? Meint ihr, wir können jetzt die nächsten Tage zusammenleben, als wäre nichts geschehen? Es muss euch doch klar sein, dass ich nicht freiwillig bei euch bleiben werde.«

»Dann zwingen wir dich dazu«, sagte Targi. »Es liegt an dir, ob wir dich fesseln, oder du die nächsten Tage frei zwischen uns leben kannst.«

Hilmer wusste, dass seine drei Vettern etwas im Schilde führten. Am Morgen hätten sie ihn noch am

liebsten auf der Stelle erschlagen und jetzt taten sie so, als seien sie seine Freunde. Der Lemming beschloss, dass Spiel von Turgi, Targi und Torgi zunächst mitzumachen. Eine andere Wahl hatte er im Moment ohnehin nicht. Später würde es sicher eine Möglichkeit geben, seine Widersacher zu überlisten.
Turgi, Targi und Torgi führten Hilmer in ihre Wohnung. Da die drei Brüder zusammenlebten und keine Weibchen hatten, konnten sie noch auf ihre alte Behausung zurückgreifen. Diese wäre erst ein paar Tage nach ihrem Tod geräumt und neu vermietet worden. Hilmer wurde in das Wohnzimmer geführt und musste sich zwischen Targi und Torgi auf ein Sofa setzen.
Turgi verschwand, kehrte aber nach kurzer Zeit mit vier Bechern zurück. »Worauf wollen wir trinken?«, fragte er, nachdem er jedem einen Becher hingestellt und selbst ebenfalls Platz genommen hatte.
»Auf das Leben«, schlug Hilmer vor und grinste seine Vettern an, die synchron den Kopf schüttelten. Er traute ihnen noch immer nicht und rechnete mit einer Falle. Plötzlich hatte er eine Idee und beschloss, sie sofort in die Tat umzusetzen. »Schaut mal aus dem Fenster«, rief er und deutete eifrig dahin.
Turgi, Targi und Torgi fielen auf seinen Trick herein und starrten in die angegebene Richtung. Blitzschnell vertauschte Hilmer die Becher.
»Was ist da?«, fragte Turgi aufgeregt und schaute wieder zu Hilmer.
»Ich kann auch nichts sehen«, stellte Targi verärgert fest.
»Warum erschreckst du uns so?«, beschwerte sich Torgi.
»Ich muss mich wohl geirrt haben. Wo waren wir stehen geblieben?«
»Wir wollten einen guten Schluck nehmen«, sagte

Turgi. »Es ist egal, worauf wir trinken, lasst uns den Wein einfach genießen. Einen Vorteil muss es ja haben, dass wir noch am Leben sind.«

»Auf den Tod«, sagte Targi und seine Brüder stimmten begeistert zu.

Die vier Lemminge stießen ihre Becher gegeneinander und tranken sie, wie es bei ihrem Volk üblich war, in einem Zug leer. Hilmer ließ seinen Blick von einem seiner Vettern zum nächsten wandern, alle drei sahen ihn erwartungsfroh an. Offensichtlich war seine böse Vorahnung, was den Inhalt der Becher betraf, richtig gewesen. Den Beweis bekam er wenige Sekunden später.

»Mir ist so heiß«, stöhnte Torgi plötzlich und versuchte aufzustehen. Noch ehe er sich vom Sofa erheben konnte, wurde sein Gesicht feuerrot und er schnappte verzweifelt nach Luft. Der Lemming fiel zurück in die Polster. Er griff sich mit beiden Pfoten an die Kehle, als wollte er sich so gegen einen Angreifer schützen. Seine Augen wurden groß und traten hervor.

»Was ist los«, schrie Turgi und sprang auf, um seinem Bruder zu helfen. Es dauerte nur wenige Sekunden, bis er begriff, was passiert war.

»Dafür wirst du bezahlen«, sagte Targi leise und schaute Hilmer hasserfüllt an.

Die Farbe von Torgis Zunge wechselte zu blau. Sie hing ihm weit aus dem Mund und schien auf das Doppelte angeschwollen zu sein. Es bildeten sich Schaumblasen in seinem Rachen, die über die Lippen liefen, sich am Kinn sammelten und auf seine Brust tropften. Dann war es vorbei. Nach einem Röcheln wich der letzte Lebensfunke aus Torgis Körper und er sank schlaff in sich zusammen.

Bevor Hilmer etwas unternehmen konnte, stürzten sich Turgi und Targi auf ihn. Beide waren außer sich vor Wut und schlugen mit aller Kraft auf ihren Vetter ein. Der nahm zwar noch die Arme hoch, hatte aber keine Chance, sich gegen die Faustschläge und Tritte zu wehren. Erst als Hilmer regungslos zwischen Turgi und Targi auf dem Boden lag, ließen die beiden von ihm ab und sprangen weinend an die Seite ihres Bruders. Jetzt konnten sie nur noch hoffen, dass er den Weg ins gelobte Land gefunden hatte.

10

»Bist du bescheuert?«, fragte Hörg seinen Bruder und schüttelte energisch den Kopf. »Es muss einen anderen Weg geben. Das mache ich nicht.« »Du musst ja nicht die ganze Nacht in dem Zimmer bleiben«, entgegnete Henni.
Die beiden Lemminge saßen in ihrer Zelle und überlegten, wie sie herausfinden konnten, wo Helmut die heiligen Schriften des furchtlosen Wonibalts versteckt hatte. Sicher gab es einen Grund, warum der König die Bücher unter Verschluss hielt und niemandem Einblick gewährte. Henni und Hörg mussten herausfinden welchen. Nur so konnten sie Hilmer und auch sich selbst helfen. Immerhin stand auch ihr geplanter Todestag bereits in einem Monat an. Genau wie ihr neuer Bekannter hatten auch die Brüder nicht die Absicht, den Schicksalsberg zu besteigen, um vom Todesfelsen zu springen.
Henni hatte vorgeschlagen, dass sie sich aufteilten. Einer sollte sich in Helmuts Privaträumen verstecken und ihn am Abend belauschen, der andere sollte ihn verfolgen, falls er nicht direkt in seine Gemächer ging. Für Hörg hatte Henni den Job im königlichen Schlafzimmer vorgesehen.
»Das ist widerlich«, sagte Hörg wieder. »Dieter wird auch da sein. Ich möchte nicht dabei sein, wenn sich

dieser Fettsack und der König begrapschen.«

»Es ist ja nicht gesagt, dass sie das tun.«

»Aber es könnte passieren. Alleine bei dem Gedanken wird mir schlecht. Ich werde Helmut sicher in den Schrank kotzen, wenn er und der Hamster anfangen, Süßholz zu raspeln.«

»Jetzt stell dich nicht an wie ein Weibchen.«

»Komm mir nicht so, Henni. Wir können ja tauschen und du versteckst dich in Helmuts Gemächern.«

»Nein. Du hast das bessere Gehör von uns beiden und bist außerdem schlanker. Ich kann bestimmt nicht unter Helmuts Bett kriechen.«

»Das mache ich auch nicht«, kreischte Hörg entsetzt.

»Lieber verstecke ich mich im Schrank.«

»Mach das. Wichtig ist, dass du die beiden belauschen kannst. Ich bin mir sicher, dass sie sich nach den Ereignissen des Tages noch über Hilmer und seine Hinrichtung unterhalten werden. Der Hamster wird seinem Chef erzählen wollen, wie weit er mit dem Plan für den Galgen ist. Vielleicht erfährst du dabei auch etwas über das Versteck der Schriften.«

»Mir ist nicht ganz wohl bei der Sache.«

»Jetzt auf einmal? Eben warst du doch noch dafür, dass wir Hilmer helfen.«

»Das will ich ja auch«, sagte Hörg. »Ich dachte nur nicht, dass ich dafür in die Höhle des Löwen muss.«

»Jetzt übertreib mal nicht. So schlimm wird es schon nicht werden.«

»Du hast leicht reden.«

»Es ist ja nicht so, dass ich gar nichts tue«, entgegnete Henni. »Vielleicht geht Helmut ja zum Versteck. Dann kann ich ihm folgen und du brauchst ihn später nicht mehr zu belauschen.«

»Bei meinem Glück passiert das nicht.«

»Überlege doch mal. Wenn wir die Schriften finden,

nehmen diese blödsinnigen Todessprünge ein für alle Mal ein Ende. Und wir werden zu Helden. Das Volk wird uns die Kaubonbons aus den Pfoten reißen. Wir werden steinreich und können noch dazu so viele Weibchen beglücken, wie wir wollen.«
»Also gut«, lenkte Hörg ein, der gegen diese schlagkräftigen Argumente nichts mehr vorbringen konnte. »Aber das nächste Mal übernimmst du die Drecksarbeit.«
Henni öffnete das Schloss und die Brüder verließen ihre Zelle. Ihr Wächter hatte ihnen das Abendessen bereits gebracht und kam sicher nicht vor dem nächsten Morgen wieder. Niemand würde bemerken, dass die Gefangenen die Nacht nicht innerhalb des Kerkers verbrachten.

Die beiden schlichen den Gang entlang zur Treppe, wo sie einen Moment lang stehen blieben und lauschten. Alles war ruhig. Schritt für Schritt gingen sie die Stufen hinauf und erreichten das Erdgeschoss, ohne auch nur das leiseste Geräusch zu hören. Hier trennten sich ihre Wege. Während Hörg weiter nach oben ging, um sich in Helmuts Privatgemächern zu verstecken, schlich Henni in Richtung Audienzsaal. Wie erwartet standen zwei Wächter vor der Tür, um ungebetene Gäste abzuhalten. Dies bedeutete, dass Helmut – und vermutlich auch Dieter – noch in dem Raum waren. Sie mussten auf jeden Fall durch diesen Gang, wenn sie den Saal verlassen wollten.
Henni sah sich suchend im Flur um. Sein Blick blieb an einer Tonvase hängen, deren Höhe seine eigene Größe deutlich überschritt. Kurz entschlossen sprang er an der Außenwand des Gefäßes hoch und hielt sich in der Öffnung fest. Nach einem Klimmzug konnte er in die Vase hineinschauen. Zu seinem Entzücken war sie leer. Ohne einen Moment zu zögern, kletterte

er auf den Rand und ließ sich von da aus in den Bauch des Gefäßes fallen. Nun begann das Warten.

Henni war kurz davor einzuschlafen, als er endlich leise Stimmen hörte, die auf ihn zukamen. Er brauchte nicht lange, um zu erkennen, dass es sich um Helmut und Dieter handelte. Jetzt wurde es spannend.

»Es war ein langer und anstrengender Tag«, sagte Helmut, als er in Hennis Hörweite war. »Selten haben mich die Amtsgeschäfte so geschafft wie heute.«

»Das ist wahr«, stöhnte Dieter. »Erst diese beiden angeblichen Erfinder und dann auch noch ein Lemming, der sich weigert, in den Tod zu springen. Ich hätte niemals gedacht, dass es so etwas gibt.«

»Ich auch nicht«, gab der König zu. »Hilmer muss auf jeden Fall sterben. Ich kann mir nicht auf der Nase herumtanzen lassen.«

»Dein Volk wird begeistert sein, eine Hinrichtung miterleben zu dürfen.«

Die beiden hatten Henni mittlerweile passiert. Dieters letzte Worte konnte er nur noch sehr leise hören und verstand nicht mehr, was Helmut darauf antwortete. Der Erfinder wartete noch, bis auch die beiden Wächter an seinem Versteck vorbeigegangen waren, und kletterte dann aus der Vase.

Auch wenn Henni nicht sicher sein konnte, dass der König mit seinem Berater in die privaten Räume gehen wollte, schlug er diese Richtung ein. Er setzte darauf, dass Helmut den Palast nicht sofort verlassen würde, wenn er das denn überhaupt vorhatte. Henni hatte Glück. Seine Voraussage erfüllte sich. Als er sich der Tür zu den königlichen Gemächern näherte, sah er, wie diese gerade geschlossen wurde. Er beschloss, sich ein Versteck zu suchen und zu warten, ob einer der beiden die Räume wieder verließ. Falls ja, wollte er die Verfolgung aufnehmen.

Hörg wird sich freuen, dachte Henni grinsend, als er in

eine Abstellnische kroch und den Vorhang davor zuzog.

11

Dafür bringe ich dich um, dachte Hörg, als er hörte, wie sich die Tür zu den königlichen Schlafgemächern öffnete. In diesem Moment schwor er sich, dass er das nächste Mal nicht auf seinen Bruder hören und die Aufgaben selbst verteilen würde. Jetzt blieb ihm aber nichts anderes übrig, als das Kommende über sich ergehen zu lassen. Egal, wie schlimm es auch werden würde.
Nachdem Hörg sich verzweifelt in Helmuts Gemächern umgesehen hatte, hatte er sehr schnell feststellen müssen, dass er sich wirklich unter dem königlichen Bett verstecken musste. Kein Schrank war groß genug, damit er hineinklettern konnte, und auch sonst gab es nichts in den sieben Räumen, was genug Platz bot, ihn sicher zu verbergen.
Helmuts Bett war riesig und nahm fast einen kompletten Raum ein. Es stand auf acht mächtigen Holzpfosten und war mit einem stabilen Rahmen versehen. Die Tagesdecke reichte auf allen Seiten bis auf den Boden. Hörg würde darunter nicht zu sehen sein. Es kostete ihn zunächst große Überwindung auch nur einen Blick unter das Bett zu werfen. Dann schluckte er den aufkommenden Ekel hinunter und hob die Decke an. Zu seiner Überraschung fand er nicht das kleinste Staubkorn auf den Holzdielen. Die königlichen Reinigungskräfte schienen ihre Arbeit sehr ernst zu nehmen. Hörg dankte ihnen in diesem Moment aus ganzem Herzen dafür. Plötzlich hörte er hinter sich Stimmen vor der Tür. Jetzt hatte er keine andere Wahl mehr. Er musste unter das Bett kriechen.
»Sorge dafür, dass ich heute nicht mehr gestört

werde«, sagte Helmut, nachdem er die Tür von innen geschlossen hatte.

»Ich werde die Tür für niemanden öffnen«, versprach Dieter.

Wie Hörg bereits befürchtet hatte, schien der Hamster die Nacht in den Gemächern des Königs verbringen zu wollen. Der Berater hatte zwar seine eigenen Räume im Palast, hielt sich dort allerdings sehr selten auf. Helmuts Bedienstete ahnten natürlich längst, was sich zwischen den beiden Männchen abspielte, wenn sie sich allein in den privaten Räumen befanden. Keiner würde es aber wagen, sich dazu öffentlich zu äußern. So sehr sich Hörg auf der einen Seite davor fürchtete, dass sich die beiden während seiner Anwesenheit miteinander amüsierten, so froh musste er andererseits sein, dass Dieter mitgekommen war. Wäre Helmut allein, würde Hörg sicher nichts über die geheimen Schriften erfahren. So bestand wenigstens eine Chance, dass sich der König mit seinem Berater darüber unterhielt.

Helmut kam sofort in Richtung Bett und warf sich auf die Decke. Es dauerte keine zwei Sekunden, da lag der Hamster neben ihm. Hörg hielt den Atem an. Die Matratze bog sich mächtig durch und stoppte nur wenige Millimeter über ihm. Dabei lag der Lemming bereits auf dem Rücken und machte sich so dünn wie möglich. Der Gedanke, das Bett könnte zusammenbrechen, erfüllte Hörg mit einer Panik, wie er sie noch nie erlebt hatte.

»Soll ich dich ein bisschen massieren?«, fragte der Hamster mit säuselnder Stimme.

Bitte nicht, dachte Hörg entsetzt.

»Heute nicht«, lehnte Helmut zu Dieters Enttäuschung, aber zur großen Erleichterung des Lemmings unter sich das Angebot ab. »Ich bin müde und möchte nur noch schlafen.«

»Dann eben nicht«, murrte der Hamster.
»Jetzt sei nicht gleich beleidigt. Wir haben doch heute Mittag bereits ein paar schöne Stunden verbracht.«
Wonibalt sei Dank, freute sich Hörg. *Sie hatten heute schon Sex.*
»Du grämst dich immer noch wegen diesem Irren«, stellte Dieter fest und setzte sich im Bett auf. »Bist du sicher, dass ich dich nicht auf andere Gedanken bringen soll?«
Ja, er ist sich sicher. Im letzten Moment schluckte Hörg die Worte hinunter. Der Fettsack sollte endlich Ruhe geben und sich mit Helmut über die Ereignisse des Tages unterhalten.
Plötzlich krabbelte eine Fliege unter das Bett und blieb eine Pfotebreit vor Hörgs Nase auf dem Boden sitzen. Der zuckte kurz zusammen und hätte das hässliche Insekt beinahe erschlagen. Im allerletzten Moment erinnerte er sich daran, wo er war und hielt inne. Die Fliege schien zu ahnen, wie knapp sie mit dem Leben davongekommen war. Hörg kam es so vor, als würde ihn dieses schreckliche Vieh, das ihn aus großen, runden Augen ansah, auslachen. Der Lemming gefror innerlich. Es gab keine Geschöpfe, die er mehr hasste, als Fliegen. Warum musste ausgerechnet jetzt ein Exemplar dieser Gattung den Weg unter Helmuts Bett finden.
»Ich darf nicht zulassen, dass Wonibalts Lehren in Zweifel gezogen werden«, sagte der König.
Hörg atmete erleichtert auf. Genau das war das Thema, über das die beiden reden sollten. Und über nichts anderes.
»Du könntest einen Vertrauensmann bestimmen, der einen Blick in die heiligen Schriften wirft«, schlug Dieter vor.
»Du denkst dabei doch nicht etwa an dich?«
»Warum nicht?«

»Weil das Volk dir nicht glauben würde. Du bist kein Lemming. Alle denken, dass du nur sagst, was ich von dir verlange.«

»Dann wähle eben einen anderen aus.«

»Nein. Nur dem König ist es bestimmt, die heiligen Schriften des furchtlosen Wonibalts zu studieren.«

»Auch mir hast du die Werke niemals gezeigt.«

»Das kann ich nicht Dieter. Ich muss die Lehren des Propheten ehren. Selbst wenn du ein Lemming wärst, dürfte ich dir nicht erlauben, diese Worte zu lesen.«

»Kannst du mir nicht wenigstens sagen, wo du die Schriften versteckt hast.«

Oh ja, bitte, dachte Hörg. *Genau das will ich auch wissen. Erzähl dem Fettsack alles und dann schlaft.*

»Du gibst wohl nie auf?«

»Dann eben nicht«, brummte der Hamster mit einem deutlich beleidigten Ton in der Stimme. »Ich habe gedacht, du vertraust mir.«

»Das tue ich doch.«

»Dann kannst du mir auch verraten, wo du die Bücher versteckst. Ich werde sicher nicht losrennen, um sie zu suchen, und behalte das Geheimnis für mich.«

»Na gut. Wenn du dich dann besser fühlst, sage ich dir, wo sich die Schriften befinden. Du wirst erkennen, dass sie für dich nicht zu erreichen sind.«

»Wie meinst du das?«

Genau wie Dieter fragte sich auch Hörg, was das nun wieder sollte. Konnte Helmut nicht einfach endlich den Mund aufmachen und die blöden Spielchen lassen?

»Die heiligen Schriften des furchtlosen Wonibalts werden von keiner geringeren bewacht als der alten Etna.«

»Bist du wahnsinnig? Wie kannst du dieser grausamen Kröte nur trauen?«

»Sie würde es niemals wagen, mich zu hintergehen. Ich kann mich darauf verlassen, dass sie, solange sie

lebt, niemanden auch nur in die Nähe der Bücher lassen wird. Ein sichereres Versteck kann es nicht geben.«
Da hast du leider recht, dachte Hörg zutiefst erschrocken. Die Legenden, die sich um Etna rankten, waren mehr als furchterregend. Es hieß, sie lebte tief in den Höhlen unter dem Schicksalsberg und kein Lemming, der sich auf den Weg zu ihr gemacht hätte, wäre jemals wieder gesehen worden. Hörg tat es leid für Hilmer, aber Wonibalts Schriften mussten sie sich aus dem Kopf schlagen. Sie würden einen anderen Weg finden müssen, das Volk von der Unsinnigkeit der Massenselbstmorde zu überzeugen.
»Was ist, wenn dir einmal etwas zustößt?«, fragte Dieter. »Niemand kann zu Etna gehen und von ihr verlangen, dass sie die Bücher herausrückt.«
»Mach dir keine Sorgen, Dieter. Wie gesagt, steht die alte Kröte auf meiner Seite. Sollte ich sterben und ein anderer wird König, wird sie wissen, wie sie sich zu verhalten hat.«
»Wie meinst du das?«
»Sie wird dafür sorgen, dass der rechtmäßige König der Lemminge Zugriff auf die Schriften haben wird. Das war schon zu Zeiten meines Großvaters so. Etnas Schicksal ist eng mit dem meiner Familie verbunden.«
»Wer soll denn nach dir König werden? Du hast keine Nachfahren.«
»Damit habe ich mich noch nicht befasst. Ich werde schon rechtzeitig jemanden bestimmen.«
»Gehst du oft zu der Köte?«
»Ein- oder zweimal im Jahr. Ich weiß ja, was in den Schriften steht. Außer uns beiden kennt niemand das Versteck der Bücher. Selbst wenn jemand auf die Idee käme, sie bei Etna zu suchen, würde er das nicht überleben. Du siehst also, es ist alles in Ordnung.«

Das sah Hörg ganz anders. Was er erfahren hatte, war furchtbar. Eines musste er dem König aber lassen. Er hatte das Schicksal seines Volkes fester im Griff, als Hilmer, Henni und Hörg es vermutet hatten. Helmut war bei Weitem nicht so einfältig, wie es manchmal den Anschein hatte.

Hörg hatte erfahren, was er wissen wollte, und wünschte sich jetzt nur noch, so schnell wie möglich aus den königlichen Gemächern verschwinden zu können. Wieder hatte er das Gefühl, dass die Fliege, die unverändert direkt vor seiner Nase saß, ihn verhöhnte.

»Dann gibt es auch keinen Grund für dich, wegen Hilmer besorgt zu sein«, sagte Dieter. Wenn er sich darüber ärgerte, dass er das größte Geheimnis der Lemminge niemals lüften würde, gelang es ihm gut, dies zu verbergen. »Wie wäre es jetzt mit einer kleinen Massage.«

Der gibt wohl nie auf, stöhnte Hörg innerlich und hörte erleichtert, wie Helmut antwortete, dass er jetzt schlafen wolle. Das sextolle Verhalten des Hamsters ging ihm schwer auf die Nerven. Wenn sich die Weibchen von Dieters Gattung ähnlich verhielten, musste Hörg unbedingt seine Cousinen kennenlernen. Sicher wären die auch dankbare Abnehmerinnen für die Kaubonbons. Der Erfinder nahm sich vor, dies bei nächster Gelegenheit mit Henni zu besprechen. Allerdings würde er sich zunächst auf seine Art bei seinem Bruder dafür bedanken, dass der ihn in diese verflixte Situation gebracht hatte.

Es dauerte nur wenige Minuten bis der König eingeschlafen war. Sein lautes Schnarchen drohte, Dieter und Hörg gleichermaßen in den Wahnsinn zu treiben. Der Hamster konnte offensichtlich nicht schlafen. Er wälzte sich im Bett hin und her und gab grunzende Geräusche von sich.

Hörg kam es vor, als sei eine Ewigkeit vergangen, bis Dieter plötzlich aufstand und in Richtung Badezimmer schlurfte. *Jetzt oder nie*, dachte Hörg, hämmerte die Faust auf die Fliege, kroch, so schnell er konnte, unter dem Bett hervor und eilte in Richtung Ausgang. So leise wie möglich öffnete er die Tür. Hörg atmete tief durch, trat auf den Flur und schlich von den königlichen Gemächern weg. An einem Vorhang wischte er sich die Reste des zermatschten Insekts von der Pfote.
Plötzlich stand Henni vor ihm. Hörg holte aus und hämmerte seinem Bruder die Faust auf die Nase.
»Was soll das denn?«, fragte der Getroffene überrascht und sah den Schläger böse an.
»Das erkläre ich dir später. Lass uns von hier verschwinden.«

12

Als Hilmer erwachte, fühlte er sich furchtbar. Wie schon am Mittag drohten seine Kopfschmerzen, ihm den Schädel zu sprengen. Für einen Moment überlegte der Lemming, ob er nicht doch besser am Morgen gestorben wäre, verwarf diesen Gedanken aber schnell wieder. Es gab nichts Schlimmeres als den Tod. Ganz egal, wie schlecht er sich jetzt fühlte.
Hilmer wollte sich über die Augen wischen und stellte fest, dass seine Arme hinter dem Rücken zusammengebunden waren. Turgi und Targi hatten ihn also gefesselt. Im Moment war von den Brüdern weder etwas zu sehen noch zu hören. Hilmer wusste, dass er nach Torgis Tod erst recht keine Gnade von seinen Vettern erwarten konnte. Ihm war schon vorher klar gewesen, dass der zur Schau getragene Sinneswandel seiner Widersacher nur gespielt war und er ihnen nicht trauen durfte. Turgi und Targi

würden sich fruchtbar dafür rächen wollen, dass sich ihr Giftanschlag durch Hilmers schnelles Handeln gegen ihren eigenen Bruder gerichtet hatte.

So sehr sich Hilmer auch abmühte, es gelang ihm nicht, seine Fesseln zu lockern. So blieb ihm nichts anderes übrig, als darauf zu warten, dass Turgi und Targi zurückkehrten. Doch die beiden Brüder ließen sich damit sehr viel Zeit. Es war bereits stockfinster im Raum, als Hilmer endlich ein Geräusch an der Tür hörte.

Das grelle Licht, das den Raum schlagartig erhellte, schmerzte Hilmer in den Augen. Turgi musste gesehen haben, wie er deswegen das Gesicht verzog, und quittierte dies mit einem hämischen Lachen. »Ich hoffe, es geht dir schlecht«, sagte der Lemming bösartig.

Hilmer tat seinem Vetter nicht den Gefallen, ihm seine Schmerzen zu bestätigen. Er wunderte sich nur darüber, dass er allein war. Das konnte nichts Gutes bedeuten. Wo war Targi? Was führten die beiden Brüder wohl jetzt im Schilde? Sicher hatten sie einen Plan, der nur mit Hilmers Tod enden konnte. Er hätte zu gerne gewusst, welchen.

»Wie konntest du so etwas tun?«, fragte Turgi mit leiser Stimme, die eine Mischung zwischen Enttäuschung und Zorn erkennen ließ. »Du wusstest, dass wir drei gemeinsam vom Todesfelsen springen wollten! Du hast alles verdorben!«

»Wieso ich?«, ächzte Hilmer. Er sehnte sich nach einem Schluck Wasser. Sein Mund war trocken und die Beule an seinem Kopf schien auf das Dreifache angewachsen zu sein. »Wer wollte denn wen töten?«

»Wenn du dich wie ein normaler Lemming verhalten hättest, wäre jetzt alles in Ordnung.«

»Dann wäre Torgi auch tot. Genau wie du, Targi und ich.«

»Mein Bruder wäre ehrenhaft gestorben und nicht elendig an dem Rattengift zugrunde gegangen.«
»Aber ich sollte an dem Zeug verrecken.« Hilmer spürte, wie der Zorn in ihm ins Unermessliche wuchs, als er hörte, womit Turgi, Targi und Torgi ihn hatten umbringen wollen. Das war wirklich das Allerletzte. Mit Ausnahme von Fliegen gab es keine niederen Wesen als Ratten. Seine Vettern hatten ihn mit diesen widerlichen Nagern gleichgesetzt. Allein dafür verdienten sie den Tod.
»Du hattest eine Wahl, Torgi nicht. Dafür wirst du jetzt einen langsamen Tod sterben. Du sollst Zeit haben, darüber nachzudenken, was du mir und meinen Brüdern angetan hast.«
»Was habt ihr vor?«
»Das wirst du jetzt sehen. Komm hoch.«
»Ich kann nicht aufstehen.«
Turgi ging zu Hilmer und zog ihn an den zusammengebundenen Pfoten hoch. Der Schmerz fuhr dem Gefesselten über die Arme bis in die Schultern. Das schien seinen Vetter allerdings nicht im Geringsten zu interessieren. Er zog ihn einfach mit.
»Hör auf mich zu schleifen«, ächzte Hilmer. »Ich komme freiwillig mit.«
»Darauf falle ich nicht noch einmal rein.«
Hilmer blieb nichts anderes übrig, als rückwärts hinter Turgi herzulaufen, der ihn einfach mit sich zog. Was sollte das? Plötzlich ging es eine Treppe hinunter und Hilmer, der damit nicht gerechnet hatte, wäre beinahe gestürzt. Erst als es ihm gelungen war, sich zu fangen, kam ihm der Gedanke, dass er Turgi einfach hätte mitreißen können, wenn er sich fallen ließe. Dem schien das in diesem Moment ebenfalls einzufallen.
»Mach ja keine Dummheiten«, sagte der Drilling. »Diesmal hast du keine Chance mehr.«
Kurz nachdem sie das Ende der Treppe erreicht

hatten, zog Turgi Hilmer zu dessen Überraschung wieder nach oben. Jetzt ging es aber über schmale Metallstufen weiter, durch deren Gitter der Boden zu sehen war. Hilmer erkannte, dass er sich in dem Keller des Hauses befand, in dem seine drei Vettern lebten. Hier hatten Turgi und Targi einiges umgebaut. Für ihn selbst konnte dies nichts Gutes bedeuten.

»Da seid ihr ja«, sagte Targi, als er die beiden kommen sah. Auch ihn schien der Schock über den misslungenen Mordversuch und Torgis darauffolgenden Tod schwer getroffen zu haben. Er hatte tiefe Ringe unter den Augen und der Blick, den er seinem Vetter zuwarf, zeigte den blanken Hass.

Sie erreichten die oberste Stufe der Treppe und Targi half Turgi dabei, den Gefangenen weiterzuziehen. Beinahe wäre Hilmer ausgerutscht. Er hatte Mühe auf den Beinen zu bleiben und spürte, wie der Boden eisig wurde. Nach ein paar Schritten bekam er einen Schlag in den Nacken und ging zu Boden. Einer der beiden Brüder zog Hilmer den Kopf an den Haaren nach hinten. Dann bekam er ein Seil um den Hals gelegt.

Dem Gefesselten blieb nichts anderes übrig, als aufzustehen, wenn er nicht stranguliert werden wollte. Der Strick war in seinem Nacken fest verknotet und wurde so hochgezogen, dass Hilmer gerade noch flach stehen konnte. Dann tauchten seine Vettern direkt vor seinem Gesicht auf.

»Du stehst auf einem großen Würfel aus Eis«, bestätigte Turgi Hilmers Vermutung. »Wir werden dich jetzt allein lassen und die Heizung im Raum anstellen.«

»In ein paar Stunden wirst du nur noch auf den Zehenspitzen stehen können und irgendwann den Boden unter den Füßen verlieren. Dein eigenes Gewicht wird dir die Luft abschnüren.« Targi grinste seinen Vetter böse an. Offensichtlich machte es ihm großen Spaß, seinen Gefangenen zu quälen.

»Es tut mir leid, was mit Torgi geschehen ist«, sagte Hilmer. »Ihr wart aber diejenigen, die das Rattengift in den Becher getan haben. Nicht ich.«

»Spar dir deine Worte«, zischte Turgi und gab Hilmer eine Maulschelle. »Morgen früh wirst du ebenfalls tot sein. Dann schmeißen wir Helmut deine Leiche vor die Füße und gehen zum Schicksalsberg. Ich glaube nicht, dass wir uns im gelobten Land wiedersehen werden.«

»Weil es nicht existiert«, sagte Hilmer und bekam den nächsten Schlag ins Gesicht.

»Dein Tod wird langsam und qualvoll sein«, prophezeite Targi seinem Vetter.

»Nichts anderes hast du verdient«, sagte Turgi.

Ohne ein weiteres Wort drehten sich die beiden Brüder um und gingen zum Ausgang des Raumes. Hilmer hörte, wie eine Tür zugeschlagen wurde. Dann ging das Licht aus. Er war allein. Seit sich der Lemming geweigert hatte vom Todesfelsen zu springen, war seine Situation nie so ausweglos gewesen wie zu diesem Zeitpunkt. Ohne Hilfe konnte er sich nicht von dem Strick befreien, er wusste aber auch, dass hierher niemand kommen würde. Als besonders schlimm empfand Hilmer, dass er nichts sehen konnte. Zum einen war es stockfinster im Raum, zum anderen konnte er den Kopf nicht bewegen und war gezwungen, den Blick nach oben zu richten.

Die Kälte zog von Hilmers mittlerweile tauben Füßen langsam höher. Wenn ihn die Kraft verließ, würde dies seinen sicheren Tod noch beschleunigen. Vielleicht sollte er sich jetzt einfach fallen lassen und seiner Qual so ein Ende setzen. Er hatte verloren. Es war vorbei.

13

Hilmer konnte nicht sagen, wie viel Zeit vergangen war, bis die ersten Sonnenstrahlen durch den Lichtschacht in den Keller fielen. Mittlerweile stand der Gefesselte nur noch auf den Zehenspitzen. Es würde sicher nicht mehr lange dauern, bis er den Halt verlor und sich selbst strangulierte. Damit hätten Turgi und Targi gewonnen und ihren Bruder gerächt.

Plötzlich wurde es schlagartig hell im Keller. Hilmer hörte unter sich einen ohrenbetäubenden Lärm und dann zwei bekannte Stimmen.

»So eine Schweinerei«, schimpfte Henni, als er den Raum betrat und nach oben schaute.

»Wer denkt sich denn so eine Folter aus?«, fragte Hörg hörbar entsetzt.

Hilmer konnte die beiden Brüder nicht sehen, war aber unendlich erleichtert, dass sie ihn gefunden hatten. Was die Erfinder vorhatten, konnte er leider nicht erkennen. Er konnte nur hoffen, dass ihnen eine Möglichkeit einfiel, ihn aus dieser Situation zu befreien – und zwar schnell. Aus den Augenwinkeln sah Hilmer etwas Glänzendes vorbeifliegen, dann wurde das Seil über ihm gekappt. Der Lemming verlor den Halt unter den Füßen und landete auf dem Hintern. Dann begann eine rasante Fahrt nach unten.

Der Eisblock hatte inzwischen die Form eines Kegels angenommen und es gab nichts, das Hilmers Rutschfahrt hätte abbremsen können. Da seine Pfoten weiterhin auf den Rücken gebunden und seine Füße annähernd taub waren, wurde er zum wehrlosen Spielball. Er schloss die Augen und konzentrierte sich auf den Einschlag. Der ließ nicht lange auf sich warten. Hilmer hörte noch die entsetzten Schreie von Henni und Hörg, dann donnerte er in einen Stapel

Kisten, die zu seinem Glück leer waren. Holz splitterte und flog in kleinen Teilen um ihn herum.
Für einen Moment dachte Hilmer, dass es seine Vettern letztlich doch noch geschafft hatten. Dann schlug er die Augen auf und sah in die besorgten Gesichter von Henni und Hörg. »Hättet ihr mich nicht etwas behutsamer vom Eisblock holen können?«
»Nun hör sich einer diesen Kerl an«, spielte Henni den Entrüsteten. »Lässt sich in letzter Sekunde vor dem sicheren Tod retten und beschwert sich dann auch noch.«
»Wir Lemminge sind schon eine undankbare Gattung«, lachte Hörg.
»Ich danke euch! Lange hätte ich es nicht mehr auf dem Eisklotz ausgehalten. Ihr seid keine Sekunde zu früh gekommen.« Hilmer spürte, wie sich seine Muskeln langsam entspannten. Damit kamen aber auch die Schmerzen. Es gab keine Stelle an seinem Körper, die ihm nicht weh tat. Trotzdem freute er sich natürlich, dass er dem Tod im letzten Moment von der Schippe gesprungen war. Turgi und Targi würden ausrasten.
»Die Kerle, die dir das angetan haben, müssen dich sehr hassen«, stellte Henni fest. »Das ist mit Abstand der grausamste Mordversuch, den ich jemals gesehen habe.«
»Wie viele hast du denn vorher gesehen?«, fragte Hörg grinsend.
»Keinen.«
»Das habe ich mir gedacht.« Hörg nahm ein Messer und schnitt die Fesseln an Hilmers Pfoten durch. »Kannst du aufstehen?«
»Ich werde es versuchen.« Der Lemming stützte sich mit den Fäusten auf dem Boden ab und kam langsam auf die Beine. »Die Schmerzen bringen mich um«, jammerte er, als er aufrecht zwischen seinen Befreiern

stand.

»Sie zeigen dir, dass du noch lebst«, sagte Henni. »Wir müssen verschwinden.«

»Wie habt ihr mich überhaupt gefunden?«

»Als du nicht zu unserem Treffpunkt gekommen bist, dachten wir schon, dass etwas schiefgegangen ist«, erklärte Hörg. »Es war nicht schwer herauszufinden, wo deine schrägen Vettern wohnen. Zwei von ihnen kamen aus dem Haus, als wir hier ankamen und redeten davon, dass du diesmal keine Chance mehr haben würdest.«

»Der Dritte ist tot.«

»Wie das?«, fragte Henni.

»Er ist an seinem eigenen Rattengift zugrunde gegangen.«

»Das musst du uns näher erklären.«

»Dazu haben wir jetzt keine Zeit«, widersprach Hörg seinem Bruder. »Du kannst uns die Einzelheiten später erzählen. Lasst uns jetzt von hier verschwinden.«

Henni und Hörg mussten Hilmer stützen, als die drei Lemminge aus dem Keller hinaufstiegen. Sie verließen das Gebäude und gingen die Straße hinunter, bis sie einen schmalen Pfad erreichten, in dem man sie nicht so schnell entdecken konnte. Die drei setzten sich auf den Boden und atmeten durch. Zunächst schilderte Hilmer, wie er in die Fänge seiner Vettern geraten war. Dann waren die beiden Erfinder mit dem Erzählen dran.

»Ich soll zu Etna gehen?«, fragte Hilmer entsetzt, nachdem Hörg ihm berichtet hatte, wo Helmut Wonibalts heilige Schriften versteckt hielt.

»Wir sehen keine andere Möglichkeit«, sagte Henni.

»Daraus wird nichts. Niemand kann zu der alten Kröte gehen.«

»Du musst es«, erwiderte Hörg bestimmt. »Vielleicht

ist sie ja gar nicht so schlimm, wie alle behaupten.«

»Die Lemminge erzählen sich, dass bisher niemand lebend von Etna zurückgekehrt ist.« Hilmer schüttelte den Kopf. Was die beiden Erfinder hier von ihm verlangten, war einfach nicht möglich.

»Vielleicht hat es noch niemand versucht«, bemühte sich Henni, Hilmer zu beruhigen. »Es kann ja keiner wissen, dass sich die heiligen Schriften bei der Kröte befinden. Wer sollte also einen Grund haben, den gefährlichen Weg auf sich zu nehmen. Immerhin muss man durch das Reich der Ratten, wenn man so tief in die Höhlen des Schicksalsberges vordringen will.«

»Eben. Was, wenn ich nicht einmal das schaffe?«

»Was willst du denn sonst machen?«, wollte Hörg wissen. »Wenn du in der Stadt bleibst, wirst du nicht mehr lange überleben. Die Frage ist nur, ob dich die Wachen oder deine Vettern zur Strecke bringen.«

»Ich könnte die Gegend verlassen und einen Ort suchen, wo es keine Lemminge gibt.«

»Du wirst niemals sicher sein«, widersprach Hörg. »Turgi und Targi werden nicht aufgeben. Sie wollen ihren Bruder rächen. Außerdem ist ihnen der Weg zum Todesfelsen untersagt, solange du noch lebst. Die jagen dich bis ans Ende der Welt.«

»Du hast ja recht«, gab Hilmer zu. »Aber ungefährlich ist der Weg zu Etna auch nicht.«

»Das stimmt«, gab Henni zu. »Aber es ist die bessere Lösung. Turgi und Targi werden nicht damit rechnen, dass du in die Höhlen gehst. Es klingt vielleicht komisch, aber dort bist du sicher vor deinen Vettern.«

»Aber nicht vor den Ratten.« Hilmer wusste selbst, dass Henni und Hörg recht hatten. Er musste die heiligen Schriften finden. Vielleicht würde er in ihnen eine Möglichkeit entdecken, wie er sich gegen Helmut durchsetzen konnte. Falls der König immer die Wahrheit über Wonibalts Thesen verkündet hatte, war

Hilmer ohnehin verloren. »Also gut«, sagte er nach einer Weile. »Ich gehe zu Etna.«

14

Wo es einen Einstieg in das Höhlensystem gab, wusste Hilmer nicht. Da sich ein Teil der Gänge aber im Schicksalsberg befand, hoffte er, dort auch irgendwo eine Öffnung zu entdecken, durch die er hineingelangen konnte. Er beschloss, zunächst unter dem Todesfelsen zu suchen. Es gab Gerüchte, dass die Ratten die Leichen der Lemminge einsammelten, die von der Klippe gesprungen waren. Sicher führte ein direkter Weg aus dem Reich der Nager dorthin.
»Da läuft der Kerl ja«, hörte Hilmer plötzlich Turgis Schrei und drehte sich erschrocken um. Seine beiden Vettern waren etwa einhundert Meter von ihm entfernt in die Straße eingebogen und nahmen sofort die Verfolgung auf.
»Haltet ihn auf«, rief Targi, doch keiner der Lemminge, die auf der Straße unterwegs waren, hörten auf ihn.
Hilmer drehte sich von den beiden weg und lief los. Die Schreie seiner Widersacher spornten ihn an. Er wusste, dass er sich auf gar keinen Fall noch einmal von den beiden erwischen lassen durfte. Aus den Augenwinkeln sah er, wie ein Pfeil neben ihm gegen eine Wand schlug. Seine Vettern hatten sich tatsächlich bewaffnet und schossen nun auf ihn. Dabei hatte Hilmer noch Glück, dass Turgi und Targi den Umgang mit dem Bogen nicht gewohnt waren. Dennoch würden sie ihn früher oder später erwischen. Da er selbst noch unter den Nachwirkungen der letzten Nacht litt, war er eindeutig langsamer als seine Verfolger. Es würde nicht lange dauern, bis sie ihn

eingeholt hätten.

Wieder schlug ein Pfeil dicht neben Hilmer gegen die Wand. Obwohl er das Gefühl hatte, jeden Moment zusammenbrechen zu müssen, beschleunigte er seine Schritte noch. Er bog um eine Ecke und sah vor sich eine weitere, lange Straße. Die führte zwar direkt zum Schicksalsberg, bis dahin würde er es aber nicht mehr schaffen.

»Bleib stehen du elendiger Verräter«, schrie Turgi, der nicht mehr weit von dem Flüchtigen entfernt war.

Hilmer sah sich im Laufen um und bemerkte, wie Targi einen weiteren Pfeil auf ihn abfeuerte. Er schaffte es, im letzten Moment dem Geschoss auszuweichen, und es flog dicht an seinem Kopf vorbei. Seine Verfolger hatten die Distanz zu ihm inzwischen mehr als halbiert.

Turgi und Targi jagten ihren Vetter direkt auf einen Brunnen zu, der sich auf einem kleinen Platz befand, an dem sich zwei Straßen kreuzten. An einem Holzbalken hing ein Seil hinunter, an dem vermutlich ein Eimer befestigt war. Die Kurbel lag in einer Halterung, die stabil genug aussah, auch das Gewicht eines Lemmings zu halten. Hilmer setzte alles auf eine Karte. Ohne vorher stehen zu bleiben, sprang er über den Rand des Brunnens und griff mit beiden Pfoten nach dem Seil. Dann hielt er kurz den Atem an. Die Kurbel knarrte verdächtig, brach aber nicht.

»Du wirst uns nicht entkommen«, schrie Turgi und schoss einen weiteren Pfeil auf den Flüchtigen ab. Auch Targi spannte seinen Bogen.

Wieder hatte Hilmer großes Glück, dass er nicht getroffen wurde. Bevor ihn seine Vettern erreichen konnten, kletterte er an dem Seil nach unten. Nach etwa fünf Metern erreichte er den Eimer. Der Lemming warf einen verzweifelten Blick nach oben und sah dort die Gesichter von Turgi und Targi auftauchen. Beide waren gerade dabei, ihren Bogen zu spannen. Hilmer wusste nicht mehr, was er anderes tun konnte, und ließ das Seil los. Jetzt konnte er nur noch hoffen, dass Wasser in dem Brunnen war. Ansonsten würde er sich den Hals brechen.

Der Lemming war trotz seines Pechs mit den immer wieder auftretenden Verfolgern ein echter Glückspilz. Kurz nach dem Aufschlag brach eine Wasserwelle über ihm zusammen und er tauchte tief in die eiskalte Brühe ein. Als er mit den Füßen den Grund des Brunnens berührte, stieß er sich ab, um wieder an die Oberfläche zu gelangen. Hilmer sah die Gesichter seiner Vettern.

»Jetzt sitzt du in der Falle«, schrie Turgi nach unten.

»Dieses Mal befreit dich keiner«, prophezeite Targi.

»Kommt doch herunter und holt mich, wenn ihr euch so sicher seid«, gab Hilmer wütend zurück. Gestern um diese Zeit war er mit seinen Vettern zum Schicksalsberg aufgebrochen. Da hätte er es noch nicht für möglich gehalten, dass er sie einmal aus tiefstem Herzen hassen würde.

Nach einer Weile schienen auch Turgi und Targi zu bemerken, dass sie so nicht weiterkamen. Sie sprachen leise miteinander und wussten offenbar nicht, was sie jetzt tun konnten, um Hilmer in die Finger zu bekommen. Der nutzte die Zeit, um sich den Brunnenschacht genauer zu betrachten. Die Wände waren nicht völlig glatt, zeigten aber auch keine Risse oder Spalten, in denen er Halt finden konnte. Es war nicht möglich, ohne ein Seil nach oben zu klettern. Blieb der Weg nach unten. Irgendwie musste ja auch das Wasser hierher gelangen.

Plötzlich verschwand Turgi für einen Moment aus seinem Blickfeld, während Targi weiterhin in die Tiefe schaute. Hilmer ahnte, dass dies nichts Gutes zu bedeuten hatte, und behielt mit dieser Befürchtung

recht. Als sein Vetter wieder erschien, hielt er zwei faustgroße Steine in den Pfoten. Er zielte und warf die beiden Brocken nach unten.
Hilmer holte tief Luft und tauchte im letzten Augenblick blitzschnell nach unten, bevor die Steine in ernstlich verletzen konnten. Trotzdem wurde er an der Schulter getroffen. Zunächst spürte er einen stechenden Schmerz, der aber schnell wieder verging. Hilmer suchte nach einem Ausgang und konnte am Grund des Brunnens tatsächlich so etwas wie einen Gang erkennen, der zur Seite wegführte. Seine Lungen drohten zu platzen. Dem Lemming blieb nichts anderes übrig, als aufzutauchen und sich darauf zu verlassen, dass Targi nicht ausgerechnet in diesem Moment den nächsten Stein nach unten warf, in dem er mit dem Kopf aus dem Wasser stieß.
Hilmer traute sich nicht, in den Gang hineinzutauchen, weil er nicht wusste, wann und wo er dort wieder herauskommen und Luft würde holen können. Als er auftauchte, konnte er weder Turgi noch Targi am Brunnenrand entdecken. Hatten die beiden etwa aufgegeben und waren verschwunden? Nein! Hilmer konnte sich beim besten Willen nicht vorstellen, dass seine Vettern es ihm so einfach machen würden. Sicherlich führten sie wieder irgendeine Schweinerei im Schilde.
Zunächst geschah allerdings nichts. Hilmer wusste, dass er nicht ewig auf der Stelle schwimmen konnte. Irgendwann musste er versuchen aus dem Wasser herauszukommen. Er war kurz davor, doch einen Versuch zu starten, an den Brunnenwänden nach oben zu klettern, als er über sich die Stimmen seiner Vettern hörten. Was sie sprachen, verstand er nicht.
Plötzlich tauchte Targi in Hilmers Blickfeld auf und stellte einen Kanister auf dem Rand des Brunnens ab. Kurze Zeit später gesellte sich Turgi an die Seite

seines Bruders. Der schraubte den Deckel des Behälters auf und kippte ihn leicht nach vorne. Eine dunkle Flüssigkeit strömte hervor und ergoss sich nach unten genau auf Hilmer zu. Der ahnte mittlerweile, was die beiden Verrückten in dem Kanister hatten.
Jetzt blieb ihm nur noch ein Ausweg.
Keine Sekunde zu spät tauchte Hilmer ab. Er schwamm auf den Seitengang am Grunde des Brunnens zu und betete innerlich, dass der ihn schnell in eine Höhle bringen würde, in der er atmen konnte. Gerade bevor er im Gang verschwand, sah er, wie über sich im Schacht ein flammendes Inferno losbrach. Hilmer machte ein paar kräftige Schwimmzüge und spürte dabei, dass das Wasser schlagartig wärmer geworden war.

15

»Ich glaube euch beiden kein Wort.«
»Aber, Helmut«, entgegnete Henni gespielt entrüstet. »Haben wir dich jemals angelogen?«
»Ja, das habt ihr«, antwortete Dieter anstelle des Königs und schaute die beiden Erfinder aus böse funkelnden Augen an.
Henni und Hörg wussten, dass der Hamster sie lieber heute als morgen über den Schicksalsberg gejagt hätte. Zu Helmut hatten die beiden aber nach wie vor einen sehr guten Draht. Ein paar ihrer Erfindungen wusste der König durchaus zu schätzen. Besonders die Kühlschrank-Grill-Kombination in seinem Schlafzimmer, die ihm rund um die Uhr eine schnelle Mahlzeit ermöglichte, wollte er ganz sicher nicht mehr missen. Er würde ihnen früher oder später auch die Idee mit den Kaubonbons verzeihen, die sie selbst

nach wie vor als ihren absoluten Geniestreich ansahen. Deshalb interessierten sie sich nicht so sehr für das, was sein Berater von sich gab, und ließen ihn links liegen. Irgendwann würde der König ihn sowieso zum Teufel jagend.

Als einer der Wächter am Morgen in den Kerker gekommen war, hatte er dort nur zwei und nicht, wie erwartet, drei Gefangene vorgefunden. Helmuts treuer Diener war natürlich schleunigst zum König geeilt und erstattete ihm Bericht. Der war aus allen Wolken gefallen und hatte Henni und Hörg sofort in den Audienzsaal bringen lassen, um sie dort zu verhören. Die beiden beteuerten, nichts von Hilmers Verschwinden gemerkt zu haben, was Helmut ihnen aber, wie erwartet, nicht glaubte.

»Der Kerl war bewusstlos, als ihr ihn zu uns in den Kerker gebracht habt«, erklärte Hörg. »Er muss aufgewacht und verschwunden sein, nachdem Henni und ich eingeschlafen waren.«

»Du behauptest also, dass ihr nicht mit Hilmer gesprochen habt?«, fragte Helmut und runzelte die Stirn.

»Genau. Wir würden uns doch nie mit einem Verbrecher einlassen«, sagte Henni. »Wir sind gesetzestreue Bürger.«

»Deshalb wart ihr ja auch im Kerker«, stichelte Dieter.

»Bei uns ist das mehr so eine Art angeordnete, schöpferische Pause«, erwiderte Henni und grinste den Hamster an.

»Was hat er denn überhaupt angestellt?«, wollte Hörg wissen, um von seinen eigenen Taten abzulenken.

»Er wollte nicht vom Todesfelsen springen«, antwortete der König. »Seine Vettern Turgi, Targi und Torgi haben ihn zu mir gebracht.«

»Das wissen die beiden doch«, schnaufte Dieter verächtlich. »Die lügen hier das Blaue vom Himmel herunter und du glaubst ihnen auch noch.«

»Wir kennen Hilmer und seine Vettern von früher«, erklärte Henni grinsend. »Deshalb wussten wir, wer zu uns in den die Zelle gebracht wurde. Das macht uns aber noch lange nicht zu seinen Komplizen.«

»Wie er aus dem Kerker entkommen ist, wissen wir wirklich nicht«, fügte Hörg hinzu. »Vielleicht haben ihn seine Vettern ja befreit.«

»Unsinn«, entgegnete der König. »Die drei wollen den Kerl am liebsten selbst tot sehen und werden ihn jetzt sicherlich jagen.«

»Diese hirnlosen Idioten können noch nicht einmal eine Feldmaus fangen«, sagte Dieter verächtlich.

»Oder einen in die Jahre gekommenen, übergewichtigen Hamster«, fügte Hörg hinzu und fing sich dafür einen Hieb von Henni ein. Der königliche Berater schaute die Brüder böse an, schwieg aber.

»Aus diesem Grund werdet ihr diesen Spinner einfangen«, beschloss Helmut.

»Wieso denn wir?«, fragte Henni entrüstet. »Wir haben doch gar nichts mit der Sache zu tun.«

»Ihr habt Hilmer entkommen lassen, ihr bringt ihn auch wieder zurück. So einfach ist das.«

Hörg wollte dem König widersprechen, sah aber in dessen Blick, dass dies keinen Sinn haben würde. Er hatte seine Entscheidung getroffen.

»Willst du dich wirklich auf die beiden Nichtsnutze verlassen?«, gab Dieter zu bedenken. »Wenn du sie laufen lässt, machen die irgendeinen Unsinn. Aber nicht das, was sie sollen.«

»Die beiden werden sich genau an meine Anweisungen halten.«

»Was macht dich da so sicher?«

»Unsere Erfinder wollen bestimmt ihr Labor zurückhaben. Das bekommen sie nur im Tausch gegen Hilmer. Du siehst also, sie haben allen Grund,

mich zufriedenzustellen.«
Henni und Hörg starrten den König entsetzt an. Natürlich hatten sie niemals vor, sich gegen Hilmer zu stellen. Wenn das aber die einzige Möglichkeit war, das Labor zurückzubekommen, mussten sie sich etwas einfallen lassen. Zum ersten Mal in seinem Leben hatte Helmut eine richtig clevere Entscheidung getroffen. Natürlich, ohne das zu wissen.
»Das ist nicht fair«, unternahm Hörg einen letzten Versuch, Helmut umzustimmen.
»Mag sein«, antwortete der König. »Dennoch werden wir es genauso machen, wie ich es gerade gesagt habe. Ich lasse zwei Wächter vor eurem Labor postieren, die verhindern werden, dass ihr dort eindringt.«
»Schick die doch lieber los und lass sie Hilmer suchen«, sagte Henni zähneknirschend.
»Nein, mein Lieber. Ihr beide werdet euch sehr viel mehr Mühe geben, den Verräter zu fassen. Ich weiß, wie wichtig euch eure Arbeit ist. Und jetzt raus hier!«

16

Mit jedem Schwimmzug wurde die Panik in Hilmer größer. Wenn sich der Tunnel nicht gleich erweiterte, würde er in diesem Seitengang des Brunnens ertrinken. Die Strömung war kaum wahrnehmbar. Dennoch füllte das Wasser die Höhle komplett aus. Hilmer brauchte Luft. Jetzt!
Der Lemming merkte, wie ihn die Kräfte endgültig verließen, es wurde ihm bereits zeitweise schwarz vor Augen. Was seinen verhassten Vettern nicht gelungen war, erledigte jetzt der Brunnen. Plötzlich hatte er das Gefühl, dass es vor ihm etwas heller wurde. Nach einem weiteren, verzweifelten

Schwimmzug verschwand der Fels über seinem Kopf. Hilmer stieß sich nach oben ab, durchbrach mit dem Kopf die Wasseroberfläche und atmete gierig ein. Die Luft roch leicht muffig, aber das war ihm in diesem Moment egal. Er lebte noch. Für alles andere würde er auch eine Lösung finden.

Hilmer kletterte an der Seite aus dem Wasserlauf und sah sich in der Höhle um. Auf beiden Seiten des Brunnenzulaufs war felsiger Untergrund, auf dem er weitergehen konnte. Die Decke befand sich etwa einen Meter über ihm. Wenn er den Gang entlangschaute konnte er im Halbdunkel sehen, dass er langsam höher wurde. Woher das Licht kam, war nicht zu erkennen. Da ihm der Rückweg versperrt war, gab es nur eine Richtung, in die Hilmer gehen konnte. Er wusste, dass er sich hier nicht lange ausruhen durfte. Turgi und Targi würden sich sicher von seinem Tod überzeugen wollen und in den Brunnenschacht hineinklettern. Es war nicht auszuschließen, dass sie auch dem Gang folgten, wenn sie seine Leiche nicht fanden.

Beim Gedanken an Turgi und Targi durchlief ein Zittern Hilmers Körper. Sie hatten in den letzten Stunden bewiesen, wie bösartig sie waren. Anstatt ihren Vetter zu unterstützen, hatten sie sich von der ersten Sekunde an gegen ihn gestellt. Seit Torgis Tod waren sie aber regelrecht ausgetickt. Es war erschreckend, was die beiden Brüder inzwischen alles unternommen hatten, um ihn umzubringen. Und dennoch hatten sie es nicht geschafft.

Hilmer ging den felsigen Gang entlang und war gespannt, was er entdecken würde, wenn er dem Bachlauf weiter folgte. Mit etwas Glück konnte er sogar einen Weg in das Höhlensystem unter dem Schicksalsberg finden. Allerdings war er sich immer noch nicht sicher, ob er dort überhaupt hin wollte.

Der Weg zu Etna würde sehr gefährlich werden. Schon die Kinder wurden vor der hässlichen, bösen Kröte gewarnt, die tief im Untergrund lebte und jeden tötete, der es wagte ihre Ruhe zu stören. Dabei war es noch nicht einmal sicher, ob es Hilmer gelingen würde, das Reich der Ratten zu passieren. Die grässlichen Nager würden sich bestimmt keine Umstände mit Hilmer machen und ihn töten, falls sie ihn erwischten. Der Lemming verstand nicht, warum Helmut die heiligen Schriften des furchtlosen Wonibalts ausgerechnet dort versteckt hielt. Schließlich musste er auch durch das Reich der Ratten, wenn er Etna aufsuchen wollte. Das alles machte wenig Sinn. Hatte der König seinen Berater am Ende vielleicht doch angelogen, um Ruhe vor dem Hamster zu bekommen? Das wäre Hilmers sicherer Tod. Da der aber ohnehin eine beschlossene Sache war, brauchte sich der Lemming eigentlich keine Gedanken zu machen. Jede weitere Stunde, die er überlebte, konnte er als persönlichen Sieg gegen seine beiden hirnlosen Vettern verbuchen.

Hilmer fragte sich, wie weit ihm Turgi und Targi folgen würden. Trauten sie sich wirklich in die Welt der Ratten hinein? War ihr Hass auf ihn größer als die Furcht vor den gefährlichen Nagern? Sicher wäre es einfacher Helmut zu berichten, dass der Flüchtling im Brunnenschacht verbrannt war. Doch würde der das Turgi und Targi glauben, wenn sie ihm seine Leiche nicht präsentieren konnten? Eher nicht. Je länger Hilmer darüber nachdachte, umso klarer wurde ihm, dass ihm seine Vettern folgen mussten. Er war jedoch fest entschlossen, sich nicht noch einmal von den beiden erwischen zu lassen.

Wie erwartet wurde der Gang nicht nur höher, sondern auch breiter. Noch konnte er die Stelle erahnen, durch die er in die Höhle gekommen war, wenn Hilmer aber noch ein paar Minuten weiterging, würde der Eingang im Dunkeln verschwinden. Er konnte dann nicht mehr sehen, wann Turgi und Targi den Gang betraten. Genau das gefiel dem Flüchtigen nicht. Die Gefahren, die ihn unter dem Schicksalsberg erwarteten, waren auch groß genug, wenn er keine weitere Bedrohung in seinem Rücken hatte. Verschließen konnte er den Weg in den Brunnen aber auch nicht.

Während er weiter am Lauf des Baches vorbeiging, hatte Hilmer plötzlich die rettende Idee. Er musste sich von seinen Vettern überholen lassen, dann wären alle Gefahrenherde vor ihm. Jetzt musste er nur noch ein Versteck finden, in dem er abwarten konnte, bis ihn seine Verfolger passierten. Außerdem würden ihm nach den vergangenen Strapazen ein paar Stunden Ruhe gut tun. Da Turgi und Targi sicher nicht die einzigen Feinde waren, die er in dieser Höhle hatte, konnte er sich schlecht irgendwo hinlegen. Zunächst blieb ihm also nichts anderes übrig, als dem Gang zu folgen.

Auf seinem weiteren Weg suchte Hilmer die Höhlenwände nach einer Öffnung ab, die groß genug war, dass er sich darin verbergen konnte. In dem glatten Fels konnte er nicht einmal die kleinste Spalte entdecken. Wenn er nicht bald ein geeignetes Versteck fand, würde er die Suche beenden müssen, da er so viel langsamer vorankam und Turgi und Targi schneller aufholten.

Der Gang wurde immer höher und hatte mittlerweile mindestens das Vierfache von Hilmers Größe erreicht. Plötzlich sah er über sich eine Art Vorsprung. Leider war es immer noch nicht so hell, dass er sich die Stelle von unten genauer anschauen konnte. Die Plattform erschien ihm aber groß genug, dass er sich darauf verstecken konnte. Hilmer sprang hoch und schaffte es, sich am Vorsprung mit beiden Vorderpfoten festzukrallen. Für einen Moment hatte er das Gefühl, die Arme würden ihm aus der Schulter gerissen, dann gelang es ihm aber, sich langsam nach oben zu ziehen. Als er die Arme gebeugt hatte, schien ihn der Schmerz fast zu zerreißen. Dafür konnte er einen Blick auf den Fels werfen. Direkt vor sich sah der Lemming einen schmalen Spalt, der groß genug war, dass er sich an seiner Kante festhalten konnte.

Hilmer unterdrückte die Angst abzustürzen und griff mit der linken Pfote nach dieser Stelle. Er mobilisierte seine letzten Kräfte und schaffte es, seinen Körper auf die Plattform zu ziehen. Völlig ausgepumpt legte er sich auf den Rücken und atmete tief durch. In der Höhle war es absolut still. Nicht einmal das Rauschen des Baches war zu hören.

Dass er großes Glück hatte, bisher noch auf kein anderes Lebewesen gestoßen zu sein, war Hilmer durchaus bewusst. Als er aus dem Brunnen herausgekommen war, hatte er sich darüber noch keine großen Gedanken gemacht. Wenn er das Höhlensystem aber lebend wieder verlassen wollte, würde er ab jetzt vorsichtiger sein müssen. Er rückte so dicht wie möglich an die Felswand und war sich sicher, dass er von unten nicht gesehen werden konnte. Er hoffte, dass Turgi und Targi nicht auf die Idee kommen würden, die Plattform zu kontrollieren.

Mit jeder Sekunde, die Hilmer ruhig auf dem Felsen lag, wuchs seine Müdigkeit. Seine Gelenke schmerzten und es wurde ihm schwindelig, wenn er die Augen schloss. Trotzdem dauerte es nicht lange, bis der Lemming in einen dämmrigen Zustand fiel. In diesem Augenblick waren im Turgi, Targi und die heiligen Schriften des furchtlosen Wonibalts egal und er schlief ein.

17

Als Hilmer von zwei ihm wohlbekannten Stimmen aus dem Schlaf gerissen wurde, wusste er nicht, wie viel Zeit vergangen war. An den Lichtverhältnissen in der Höhle hatte sich nichts geändert. Der Flüchtling blieb stocksteif auf dem Felsvorsprung liegen. Seine Vettern mussten sich direkt unter ihm befinden, schienen aber nichts von seiner Anwesenheit bemerkt zu haben.

»Glaubst du wirklich, dass der Spinner so weit in die Höhle vorgedrungen ist?«, fragte Targi skeptisch.

»Nein, dazu ist er zu feige.«

Ich komme gleich runter und zeige dir, wer feige ist, dachte Hilmer, hütete sich aber davor, auch nur den kleinsten Laut über seine Lippen kommen zu lassen.

»Irgendwo muss er ja stecken«, sagte Targi. »Ich bin mir sicher, dass der Mistkerl noch lebt.«

»Ich auch. Wir hätten seine Leiche sonst gefunden. Oder zumindest Reste davon, wenn ihn das Feuer erwischt hätte. Unglaublich, dass er den Flammen entkommen ist.«

»Er muss den Durchgang in die Höhle schon vorher gefunden haben.«

»Vermutlich«, gab Turgi seinem Bruder recht.

»Und wenn wir Helmut einfach sagen, Hilmer sei verbrannt?«

»Das wird er nicht glauben. Der König wird die verkohlten Reste sehen wollen.«

»Wir könnten Torgis Körper verbrennen.«

»Bist du wahnsinnig?«, fuhr Turgi seinen Bruder an.

Auch Hilmer stockte der Atem. Er hätte nie für möglich gehalten, dass Targi so weit gehen würde, auch wenn es ihm selbst natürlich nur recht gewesen wäre, wenn Turgi auf den Vorschlag seines Bruders eingegangen wäre.

»Ich meine ja nur«, gab Targi beleidigt zurück. »Wie tief willst du denn noch in den Berg rennen, um den Ungläubigen zu finden?«

»So weit, bis wir ihn gefunden haben«, zischte Turgi.

Wieder erschrak Hilmer über den Hass, den seine Vettern für ihn empfanden. Kaum zu glauben, dass sie vor drei Tagen noch gemeinsam auf ihren Tod angestoßen hatten.

»Was meinst du, wo wir hier sind?«, fragte Targi nach einer Weile. Der Klang seiner Stimme zeigte Hilmer, dass er mit der Situation alles andere als zufrieden war, und schnell wieder aus der Höhle heraus wollte.

»Vermutlich befinden wir uns in den Ausläufern des Höhlenlabyrinthes unter dem Schicksalsberg.«

»Du meinst bei den Ratten?«, fragte Targi entsetzt.

»Ich habe noch keine gesehen.«

»Aber die sind hier irgendwo.«

»Stell dich nicht so an«, wies Turgi seinen Bruder zurecht. »Oder hast du etwa auf einmal Angst vor dem Tod?«

»Ja, das habe ich«, gab Targi zurück. »Ich will vom Todesfelsen springen und nicht von einer Ratte gefressen werden.«

»Das wird dir sowieso passieren. Was glaubst du wohl, wer die Leichen auf den Klippen einsammelt?«

»Das ist nicht das Gleiche.«

»Im Ergebnis schon. Es ist wichtig, dass unsere Seelen ins gelobte Land einziehen. Wie wir sterben ist zweitrangig.«

»Bist du dir da sicher?«

»Ich hoffe es«, sagte Turgi mit leiser Stimme. »Vor allem für Torgi.«

»Also gehen wir weiter?«, wollte Targi wissen.

»Es wird uns nichts anderes übrig bleiben.«

Hilmer konnte hören, wie seine Jäger unter ihm aufstanden und sich den Staub aus dem Fell klopften, bevor sie sich wieder auf den Weg machten. Er wagte es nicht, einen Blick über den Rand des Felsvorsprunges zu werfen, und zwang sich zur Ruhe. Er wollte einen Moment abwarten, bevor er sein Versteck verließ. Noch konnte er das Gespräch zwischen den beiden Brüdern belauschen, auch wenn ihre Stimmen langsam undeutlicher wurden.

»Wir hätten unsere Bogen mitnehmen sollen«, sagte Targi.

»Gegen die Ratten hätten uns die auch nicht geholfen«, entgegnete Turgi.

»Aber gegen Hilmer.«

»Mit dem werden wir schon fertig. Wir schlagen einfach so lange auf ihn ein, bis er sich nicht mehr bewegt.«

»Aber das haben wir doch schon einmal getan.«

»Das spielt doch keine Rolle«, sagte Turgi ärgerlich. »Wichtig ist nur, dass wir ihn zu Helmut bringen. Ob tot oder lebendig ist egal.«

Was Targi seinem Bruder antwortete, konnte Hilmer nicht mehr verstehen, weil sein Vetter sehr leise sprach. Danach schwiegen die beiden und waren schließlich gar nicht mehr zu hören. Der Flüchtling atmete tief durch. Sein Körper war schweißnass und begann jetzt, wo die größte Gefahr vorbei war, zu zittern. Hilmer wollte gar nicht daran denken, was passiert wäre, wenn Turgi und Targi ihn auf dem Felsvorsprung entdeckt hätten. Er wartete noch einige Minuten und machte sich dann an die Verfolgung seiner Vettern. Er fand es sehr beruhigend, dass er die beiden jetzt zwischen sich und den Ratten hatte.

Auf dem weiteren Weg durch die Höhle stellte Hilmer fest, dass es langsam wärmer wurde. Zunächst konnte er sich den Grund dafür nicht erklären. Er hatte immer angenommen, dass es in den Höhlen unter dem Schicksalsberg deutlich kälter war als im Freien.

Dann sah er den flackernden Lichtschein vor sich. Dort musste ein großes Feuer brennen, das nicht nur für die Helligkeit verantwortlich war, sondern auch die Temperaturen hoch hielt.

Nach ein paar Minuten wurde der Gang etwas schmaler und mündete dann in eine riesige Halle. Hilmer befand sich auf einer Art Empore, von der aus er in die Tiefe schauen konnte. Was er sah, ließ ihn erschaudern. Egal wohin er blickte, es wimmelte nur so von Ratten.

Die Stadt, die sich unter Hilmer erstreckte, hatte die Form eines Trichters. An den Seiten befanden sich die Eingänge zu den Behausungen der Bewohner, die vollständig im Fels verschwanden. Wie groß diese Bauten waren, konnte der Lemming von seinem Standort aus nicht erkennen. Ganz unten war ein freier Platz, in dessen Mitte das Feuer loderte. Hilmer sah nicht, was die Ratten dort verbrannten, aber der Gestank war furchtbar und es kostete ihn Mühe, den Brechreiz zu unterdrücken, als ihm eine Rauchwolke ins Gesicht schlug.

Plötzlich erinnerte sich der Flüchtling daran, dass die größte Gefahr nach wie vor von seinen Vettern ausging. Von Turgi und Targi war allerdings nichts zu sehen. Hilmer überlegte, in welche Richtung er jetzt gehen sollte. Er stand immer noch direkt am Ausgang der Höhle. Es führte ein Rundweg um den Trichter herum, von dem aus weitere Gänge abzweigten. Außerdem gab es eine breite Treppe, die einen hinunter in die Stadt brachte.

Mit einem mulmigen Gefühl im Bauch folgte der Lemming dem Weg auf der rechten Seite. Seine Sorge erwies sich zunächst aber als unbegründet. Er erreichte die erste Abzweigung, die in den Berg hineinführte, ging aber weiter. Wenn Turgi und Targi in eine der Höhlen verschwunden waren, würde er sie nie finden. Genau genommen, wollte er das auch gar nicht. Plötzlich spürte Hilmer eine Pfote auf seiner Schulter und erstarrte.

18

»Du willst Hilmer doch nicht wirklich an Helmut und den dicken Hamster ausliefern, oder?«
»Nein, natürlich nicht«, beantwortete Henni Hörgs Frage. »Aber wir müssen zumindest so tun, als ob wir das vorhätten. Sonst wirft der König uns wieder in den Kerker und wir bekommen unser Labor nie zurück.«
»Das bekommen wir sowieso nicht.«
»Zumindest nicht so schnell«, stimmte Henni seinem Bruder zu. »Wenn wir beweisen können, dass der König die Lehren des Propheten falsch auslegt, wird er seinen Thron sehr schnell räumen müssen. Dann ist auch der Weg in unser Labor wieder frei.«
»Meinst du Hilmer findet die Schriften?«, fragte Hörg.
»Es wird nicht leicht für ihn werden. Mit Etna ist nicht zu spaßen.«
»Ganz sicher nicht«, bestätigte Hörg. »Freiwillig würde ich nicht zu ihr gehen.«
»Es kann passieren, dass wir hingehen müssen. Ohne die Schriften sind auch wir in vier Wochen tot. Wenn unser neuer Freund versagt, müssen wir ran.«
»Das stimmt leider.«
Die beiden Erfinder gingen vom Palast aus in Richtung Schicksalsberg. Dort wollten sie versuchen, einen Weg in das Höhlenlabyrinth zu finden. Hilmer war bestimmt schon dort. Vielleicht war er in Not und brauchte ihre Unterstützung. Henni und Hörg wussten, dass sie sich auf keinen Fall gegen Hilmer stellen durften. Wenn er sich nicht gegen Helmuts Schergen durchsetzen konnte, würde es kein Lemming mehr

wagen, die heiligen Schriften des furchtlosen Wonibalts infrage zu stellen. Dann könnte der König seine Machenschaften ungestört fortsetzen. Das durfte einfach nicht geschehen.

»Was machen wir eigentlich, wenn Helmut nicht gelogen hat?«, sprach Hörg die Befürchtung aus, die auch Henni am meisten Sorge bereitete.

»Dann verlassen wir mit Hilmer das Land.«

»Das meinst du nicht ernst.«

»Doch. Oder willst du etwa in vier Wochen vom Todesfelsen springen? Ich werde das sicher nicht tun.«

»Ich auch nicht.« Hörg sah seinen Bruder grinsend an. Beide waren schon lange am zweifeln, ob sie den Weg ins gelobte Land wirklich gehen sollten. Seit sie Hilmer kennengelernt hatten, war die Entscheidung unwiderruflich gefallen.

»Mit unseren Kaubonbons werden wir uns überall ein gutes Einkommen sichern können«, sagte Henni. »Sicher funktionieren die auch bei Feldmäusen.«

Beide Lemminge brachen in schallendes Gelächter aus, wofür sie böse Blicke ihrer Artgenossen ernteten. Schließlich bereiteten diese sich auf ihren letzten Gang vor. Henni und Hörg waren nicht mehr weit vom Schicksalsberg entfernt, wo sich bereits einige Männchen und Weibchen versammelt hatten, um den Aufstieg zum Todesfelsen zu beginnen.

»An die Bonbons kommen wir aber nicht heran, wenn wir Hilmer nicht ausliefern«, gab Hörg zu bedenken.

»Dann müssen wir uns eben etwas einfallen lassen. Zu dritt können wir die Wachen sicher überlisten. Was auch immer geschieht, wenn wir uns einig bleiben, werden wir Helmut letztlich besiegen. Zumindest, wenn es um unser eigenes Leben geht.«

»Ich springe auf jeden Fall nicht auf die Klippen«, grinste Hörg und deutete auf seine Artgenossen. »Die spinnen doch hier alle.«

»Nicht so laut«, warnte Henni seinen Bruder. »Am Ende schleifen die uns noch einfach mit.«

»Unsinn. Wir sind doch erst vierzehn.«

»Ich denke nicht, dass sie danach fragen.«

»Du hast recht. Lass uns verschwinden.«

Henni und Hörg verließen den Weg zum Schicksalsberg. Sie schlugen einen Bogen, der sie an die Stelle unterhalb des Todesfelsens führte. Weil dort die Leichen lagen, wurde der Platz von den anderen Lemmingen gemieden. Ihre Artgenossen schauten zwar etwas irritiert, als die beiden links abbogen, sagten aber nichts.

Als Henni und Hörg die Klippen erreichten, wunderten sie sich, dass dort nicht ein einziger toter Lemming zu sehen war. Das heutige Springen hatte zwar noch nicht begonnen, aber sie waren davon ausgegangen, dass Kadaver vom Vortag liegen geblieben waren. Die Ratten leisteten bei der Entsorgung der Körper wohl ganze Arbeit. Bei dem Gedanken, dass die scharfzahnigen Nager ihre Artgenossen auffraßen, wurde den beiden Lemmingen schlecht. Helmut gehörte allein dafür erschlagen, dass er dies überhaupt billigte. Und der dicke Hamster am besten gleich mit.

»Was machen wir jetzt?«, fragte Hörg und setzte sich in eine schattige Ecke.

»Woher soll ich das wissen?«, gab Henni gereizt zurück. »Ich dachte, wir könnten die Ratten bei der Arbeit beobachten und so den Eingang zu ihren Höhlen finden. Es konnte ja keiner ahnen, dass die schon alles aufgeräumt haben.«

»Dann müssen wir eben bis zum Abend warten. Da werden sie sicher wiederkommen.«

»Dann verlieren wir einen halben Tag. Das ist nicht gut.« Henni setzte sich neben seinen Bruder und schaute zur Wand unter dem Todesfelsen. So sehr er sich auch anstrengte, eine Öffnung konnte er nicht entdecken. »Hilmer wird es im Berg nicht leicht haben. Er hat dort nur Feinde und ich befürchte, dass ihm seine bekloppten Vettern noch auf den Fersen sind. Ich habe kein gutes Gefühl dabei, ihn noch bis zum Abend allein zu lassen.«

»Wir können aber nichts machen. Zumindest nicht hier. Außerdem habe ich keine Lust, mir den ganzen Tag anzuschauen, wie unsere Artgenossen in den Tod springen. Da sind sicher auch ein paar dabei, die wir kennen.«

»Du hast recht«, gab Henni zu. »Lass uns von hier verschwinden. Vielleicht finden wir ja einen anderen Eingang.«

»Oder wir besuchen Turgi und Targi.«

»Was willst du denn von denen?«

»Wenn sie hinter Hilmer her sind, können wir ihnen doch einfach folgen.« Hörg sah seinen besten Freund grinsend an und schlug ihm auf die Schulter. In diesem Moment sprang der erste Lemming vom Todesfelsen.

»Nichts wie weg hier«, rief Henni und setzte sich in Bewegung.

Die beiden Brüder waren gerade losgelaufen, als sie ein knarrendes Geräusch hörten. Sie drehten sich gleichzeitig um und schauten zur Felswand. Dort war nun eine Öffnung, die gerade so groß war, dass zwei Ratten nebeneinander stehen und nach draußen schauen konnten.

»Wie es aussieht, müssen wir doch nicht bis zum Abend warten«, sagte Hörg grinsend.

»Nein. Nur so lange, bis die beiden Nager wieder verschwunden sind.«

»Das kann nicht allzu lange dauern«, vermutete Hörg.

»Sie werden wohl kaum zwischen den Felsen

herumlaufen, während die anderen noch springen.«

Tatsächlich verschwanden die beiden Ratten kurze Zeit später wieder. Die Öffnung in die Höhle verschlossen sie nicht. Offensichtlich rechneten sie nicht damit, dass sich einer der Selbstmörder zu dieser Stelle verirren würde.

Begleitet von den Freudenschreien der in den Abgrund springenden Lemminge machten sich die Freunde auf den Weg und kletterten die Felswand hinauf. Dabei konnten sie nur hoffen, dass sie nicht sofort von den widerlichen Nagern in Empfang genommen und als Hauptgang zum Essen eingeladen wurden.

19

»Das ist ja eigenartig«, sagte eine rauchige Stimme, die Hilmer einen eiskalten Schauer über den Rücken jagte. »Ein Lemming, der Lemminge verfolgt. Was ist hier los?«

»Ich weiß nicht, wovon du sprichst.«

»Wenn du mich verarschen willst, bist du gleich tot. Dreh dich um.«

Hilmer folgte der Anweisung und sah die hässlichste Ratte, die er sich überhaupt vorstellen konnte. Der verschrumpelte Körper zeigte nicht ein einziges Haar und die Zitzen hingen fast bis zum Boden hinunter. Die Schnauze des Weibchens war – wie bei allen Ratten – in die Länge gezogen und ihr Lächeln zeigte zwei Reihen messerscharfer Zähne. In den Augen meinte Hilmer Gier zu entdecken. Wonach, wollte er aber lieber nicht wissen.

»Hast du genug gesehen?«

»Entschuldige«, antwortete Hilmer stockend. »Ich habe noch nie eine Ratte aus so kurzer Entfernung

gesehen.« *Und schon gar nicht so eine*, fügte der Lemming in Gedanken hinzu.
»Wenn du hierher kommst, musst du aber damit rechnen. Wie heißt du?«
»Hilmer.«
»Ich bin Rosa. Da wir uns nun kennen, erzähl mir doch mal, warum du zwei deiner Artgenossen verfolgst.«
»Sie wollen mich umbringen.«
»Und deshalb läufst du ihnen nach?« Rosa brach in schallendes Gelächter aus. »Etwas Blöderes habe ich überhaupt noch nicht gehört. Du musst dir schon etwas Besseres einfallen lassen, wenn du hier lebend herauskommen willst.«
»Ich schwöre beim heiligen Wonibalt, dass ich die Wahrheit sage.«
»Lass mich mit deinem komischen Propheten in Ruhe. An den glaube ich sowieso nicht.«
Da haben wir schon einmal etwas gemeinsam, dachte Hilmer. »Es stimmt aber wirklich. Ich habe mich geweigert, vom Todesfelsen zu springen, und jetzt wollen mich meine Vettern töten.«
»Das wird ja immer besser«, lachte Rosa.
»Ich finde das nicht zum Lachen.«
»Aber ich.« Die Ratte musterte Hilmer von oben bis unten, leckte sich dann mit der Zunge über die Schnauze und spannte ihre Bauchmuskeln an. »Du gefällst mir.«
Hilmer sah Rosa mit gemischten Gefühlen an. Was sollte das nun wieder? Wollte sie ihn etwa verführen? Zu seinem Entsetzen schien das Weibchen genau das vorzuhaben.
»Hattest du schon einmal Sex mit einer Ratte?« Rosas Stimme wurde noch rauchiger und ihr Blick schien regelrecht am Körper des Lemmings zu kleben.
»Nein«, antwortete Hilmer angewidert. »Und das soll

auch so bleiben.«

»Gefalle ich dir etwa nicht?«

»Darum geht es nicht«, versuchte Hilmer sich vor einer Antwort zu drücken, die Rosa sicher nicht gefallen hätte. »Ich habe im Moment ganz andere Sorgen und bin nicht auf der Suche nach einem Weibchen.«

»Vielleicht änderst du deine Meinung ja noch, wenn du lange genug bei mir bist. Laufen lassen, werde ich dich nämlich nicht mehr.«

»Wie willst du mich aufhalten?«

»Vor mir kannst du vielleicht weglaufen. Vor meiner Familie nicht.«

»Wohnen sie in der Stadt?«

»Sie sind die Stadt.«

»Was soll das heißen?«

»Meine Kinder haben ihre Behausungen hier errichtet. Alle Ratten, die in dem Kessel leben, stammen von mir ab. Du würdest ihnen nicht entkommen.«

Hilmer schaute Rosa voller Entsetzen an. Sie musste drei Viertel ihres Lebens trächtig gewesen sein. Er hatte jetzt die Wahl zwischen dem Tod oder Qualen, wie sie kein Lemming vor ihm hatte erleiden müssen. Nein! Lieber würde er sterben, als das Lager mit dieser notgeilen Ratte zu teilen. Nur wie sollte er ihr entkommen?

»Stell dich nicht so an«, sagte Rosa und strich ihrem Opfer mit der Pfote über den Bauch. »Wir gehen jetzt in meinen Bau.«

Jetzt hat die Ratte mich echt am Arsch, dachte Hilmer und ließ sich von dem Weibchen in Richtung ihrer Höhle schieben. Er war sicher, dass er die Wünsche des Weibchens nicht würde erfüllen können. Selbst, wenn er es wollte. Rosa mochte rattenscharf sein, aber sie machte ihn einfach nicht an.

Wenn Hilmer noch einen Weg aus dieser Misere

finden wollte, wurde es langsam Zeit, dass er eine zündende Idee bekam. Und dann fiel es ihm wie Schuppen von den Augen. Plötzlich wusste er, was er zu tun hatte. Er würde der Ratte ein Geschäft vorschlagen, dass sie unmöglich ablehnen konnte.

»Du willst doch sicherlich nicht von einem Lemming trächtig werden, oder?«

Rosa zog Hilmer am Arm herum und starrte ihn böse an. »Willst du mir erzählen, wie ich mein Leben zu führen habe? Ich habe eine ganze Stadt voller Nachkommen. Auf ein paar mehr oder weniger kommt es da auch nicht mehr an. Wenn sie dir zu ähnlich sehen, kann ich sie immer noch ertränken.«

»Also wünschst du dir weitere Junge?« Hilmer ging nicht auf die Beleidigung ein. Er durfte sich nicht provozieren lassen und musste seinen Plan weiter verfolgen. Sonst war alles vorbei.

»Rede keinen Unsinn«, blaffte Rosa. »Es gehört eben dazu.«

»Lässt du mich gehen, wenn ich dir einen Weg zeige, wie du dich so oft vergnügen kannst, wie du willst, aber niemals wieder trächtig wirst?« Hilmer setzte in diesem Moment alles auf eine Karte. Wenn die Ratte jetzt nicht nachgeben würde, war er ihr ausgeliefert. Auf Hilfe konnte er in diesem Höhlenlabyrinth nicht hoffen.

Rosa schaute Hilmer schief an und schüttelte den Kopf. »Ich verstehe ja, dass du nach einem Ausweg suchst, mein Süßer. Bilde dir aber bloß nicht ein, mich hinters Licht führen zu können.«

»Das würde ich niemals wagen.«

»Dann hör endlich auf, um den heißen Brei herumzureden, und spuck aus, was du mir zu sagen hast.«

»Zwei Freunde von mir haben Kaubonbons erfunden, die die Fruchtbarkeit aussetzen und so verhindern, dass ein Weibchen nach dem Verkehr trächtig wird.«

»Das ist nicht dein Ernst«, sagte Rosa verblüfft. Das Funkeln in ihren Augen verriet, dass sie zumindest neugierig geworden war.

»Ich belüge dich nicht.«

»Das würde ich dir auch nicht raten. Kannst du mir diese Wunderkaubonbons besorgen?«

»Ja«, antwortete Hilmer, obwohl er da gar nicht so sicher war. Er vertraute einfach darauf, dass ihn Henni und Hörg nicht im Stich lassen würden, wenn er sie um das Verhütungsmittel bat.

»Dazu muss ich dich vermutlich freilassen?«

»Ich habe die Bonbons nicht bei mir.«

Die Ratte sah Hilmer nachdenklich an. Der wusste, dass er sich auf sehr dünnem Eis bewegte, aber keine andere Wahl hatte. In seiner Mission war er bisher nicht besonders weit gekommen. Er konnte die Hilfe des Weibchens gut gebrauchen.

»Wo wolltest du eigentlich hin?«, fragte Rosa nach einer Weile.

»Was meinst du?«

»Ich habe dich erwischt, als du zwei deiner Artgenossen verfolgt hast. Was wollt ihr hier unten?«

»Ich war auf dem Weg zu Etna.« Hilmer beschloss, dass es besser war, wenn er jetzt zumindest einen Teil der Wahrheit sagte.

Rosa brach in schallendes Gelächter aus, tippte sich mit dem Finger gegen die Stirn und zeigte Hilmer die Fliege. »Was willst du denn bei der alten Kröte? Nicht einmal ich würde es wagen, ihre Ruhe zu stören.«

»Ich muss ihr eine wichtige Frage stellen. Es geht um mein Leben. Ich möchte nicht sterben, aber auch nicht ewig auf der Flucht vor meinen Vettern sein.«

»Du meinst die beiden Lemminge, die du verfolgt hast?«

»Das habe ich ja nicht. Ich wollte sie nur nicht in

meinem Rücken haben.«
»Also gut. Du hast Mut, das überrascht mich. Was du vorhast, ist blanker Selbstmord. Aber damit kennt ihr Lemminge euch ja aus.«
Hilmer konnte über diese Bemerkung nicht lachen. Er sagte aber nichts. Vielleicht konnte er Rosa überzeugen, ihm zu helfen. Die Möglichkeiten dazu hatte sie sicher. »Kannst du mir den Weg zu Etna zeigen?«
»Warum sollte ich das tun? Wenn du tief unten im Berg stirbst, bekomme ich die Zauberbonbons nie.«
»Wenn du mich tötest auch nicht.«
»Da hast du sogar recht. Wie heißen die beiden Kerle, die das Verhütungsmittel erfunden habe?«
»Henni und Hörg. Sie arbeiten im Palast des Königs.«
»Solltest du auf deinem Weg zu Etna sterben, werde ich meine Söhne zu den beiden schicken. Wenn sie mir die Bonbons nicht geben, werden sie sterben. Wenn du mich hintergehst, lasse ich dich umbringen.«
»Soll das heißen, dass ich gehen kann?«
»Ja. Ich mag dich irgendwie, aber ich warne dich. Solltest du mich betrügen, werde ich dein ganzes Volk dafür bezahlen lassen.«
Ein Blick in Rosas Augen reichte Hilmer aus, um zu erkennen, dass es ihr absolut ernst war. »Ich werde dich nicht enttäuschen.«
»Das weiß ich.« Rosa stieß einen kurzen Pfiff aus. Innerhalb von wenigen Sekunden tauchten plötzlich zwei männliche Ratten auf, wie aus dem Nichts. »Das sind Bert und Gerd. Sie werden dir den Weg zu der alten Kröte zeigen.«

20

»Glaubst du wirklich, dass die Ratten die Leichen unserer Artgenossen auffressen?«, fragte Hörg, als

sie den Eingang in der Felswand erreichten. Kein Bewohner des Berges war gerade zu sehen. Wenn sie Hilmer finden wollten, mussten sich die beiden Lemminge jetzt in das Höhlensystem hineinwagen.
»Mit Sicherheit nicht alle. Dafür sind es zu viele.«
»Aber was machen die mit dem Rest?«
»Woher soll ich das wissen?«, antwortete Henni. »Vermutlich gibt es irgendwo im Berg ein riesiges Massengrab, wohin sie die Toten bringen.«
»Das wäre längst voll«, sagte Hörg. »Vielleicht finden wir ja heraus, was sie mit den Kadavern machen.«
»Deswegen sind wir nicht hier.«
»Interessieren würde es mich aber trotzdem.«
»Nimm die Sache nicht so leicht«, warnte Henni seinen besten Freund. »In diesem Labyrinth lauern viele Gefahren, die wir nicht unterschätzen dürfen. Und jetzt: Lass uns gehen. Aber leise.«
Die beiden Lemminge betraten den Gang und achteten darauf, so wenig Geräusche wie möglich zu verursachen. Sicher waren irgendwo Ratten in der Nähe und würden nicht viel Federlesens mit den Eindringlingen machen.
Hörg sah sich neugierig um. Er hatte erwartet, dass es schnell dunkel werden würde, aber von irgendwoher kam Licht, sodass sie recht gut sehen konnten. Er fand es spannend, diese ihm fremde Welt zu erkunden, und wäre gern schneller gegangen. Dennoch musste er einsehen, dass Henni recht hatte. Er war schon immer der vorsichtigere der beiden Brüder gewesen.
Bisher war weder etwas zu sehen noch zu hören. Das Zentrum des Rattenreichs musste sich sehr tief im Inneren des Berges befinden. Hörg drehte sich um und konnte den Ausgang nicht mehr sehen. Der Gang lief vollkommen gerade und leicht nach unten. Die Anspannung wurde immer größer und die beiden

Lemminge schlichen jetzt.
Plötzlich sahen Henni und Hörg, wie der Gang vor ihnen auf einen zweiten traf. Wohin dieser Weg führte, war noch nicht auszumachen. Auch wenn Hörg am liebsten zu der Stelle gestürmt wäre, zwang er sich zur Ruhe. Gemeinsam mit Henni ging er vorsichtig auf die Gabelung zu. Jeden Moment konnten Ratten hervorspringen. Dann waren sie den gefährlichen Nagern ausgeliefert. Einen Kampf gegen die Bestien konnten sie nicht bestehen.
»Ich gehe als Erster«, sagte Hörg und lugte, ohne auf Hennis Antwort zu warten, in die Kreuzung hinein. Auf der rechten Seite war nichts zu sehen, aber als er den Blick nach links wandte, verschlug es Hörg den Atem. Ein eiskalter Schauer lief ihm über den Rücken und er hätte sich am liebsten aus dem Labyrinth heraus gezaubert. Er hatte gewusst, dass hier Ratten waren, aber nicht damit gerechnet, dass so viele von ihnen an einem Ort existierten. So schnell er konnte, zog er sich zurück und sah Henni kopfschüttelnd an. »Hier kommen wir nicht weiter.«
»Was ist dort?«, wollte Henni wissen.
»Ratten.«
»Geht es ein bisschen genauer? Mir ist auch klar, dass da keine Feldmäuse sind.«
»Es sind Tausende. Sie haben da eine Stadt oder so was. Schau selbst, ihre Behausungen reichen so weit, wie du sehen kannst.«
»Es ist gar nichts zu hören.«
»Das wundert mich auch«, gab Hörg zu. Tatsächlich drangen keine Geräusche aus der Stadt bis zu ihnen herüber. Es musste irgendetwas geben, das den Schall verschluckte. Der kurze Gang, in den Hörg eben geschaut hatte, reichte dazu allein nicht aus.
Henni folgte Hörgs Aufforderung und warf einen Blick in die Höhle. Sein Gesicht war kalkweiß, als er sich

wieder Hörg zuwandte. »Wir haben ein Problem.«
»Trotzdem müssen wir weiter, wenn wir Hilmer finden wollen.«
»Wir können es rechts versuchen«, schlug Henni vor. Wirklich begeistert war Hörg von der Idee seines Freundes nicht, stimmte aber dennoch zu. Sie mussten etwas tun und je länger sie hierblieben, umso größer wurde die Gefahr, von den Ratten erwischt zu werden. Die beiden Lemminge betraten den Gang, der etwas breiter war als derjenige, durch den sie den Weg hierher gefunden hatten. Leise aber zügig liefen sie immer tiefer in das Labyrinth hinein. Nach der ersten Kurve atmeten sie erleichtert aus. Von hier aus war die Stadt nicht mehr zu sehen und damit sank auch die Gefahr, entdeckt zu werden. Zumindest hoffte Hörg das.
»Ich hatte nicht erwartet, dass es so viele von diesen grässlichen Bestien gibt«, sagte Henni. Noch immer war außer den Geräuschen, die sie selbst verursachten nichts zu hören.
»Vermutlich wohnen da noch nicht einmal alle. Der Berg ist groß und von unseren toten Kameraden haben wir auch noch nichts gesehen.«
»Denk daran, dass wir nicht deswegen hier sind.«
»Ja, ich weiß.«
Die Brüder gingen weiter und hielten sich immer links, wenn sie an eine Abzweigung kamen. Hörg fühlte sich alles andere als wohl in seiner Haut. Er war sich längst nicht mehr sicher, ob sie aus diesem Irrgarten auch wieder herausfinden würden. Die Hoffnung, Hilmer zu treffen, hatte er fast aufgegeben.
»Was ist das denn?«, rief Henni und hielt Hörg am Arm fest, damit er stehen blieb.
»Was meinst du?«
»Siehst du das Flimmern da vorn?«
Hörg schaute angestrengt in den Gang vor sich und

konnte dort tatsächlich etwas erkennen. »Es sieht aus, wie eine dünne Nebelschicht«, sagte er und ging langsam auf die Stelle zu.
»Sei vorsichtig!«, rief Henni seinem Freund nach, doch der hatte die Pfote bereits durch die durchscheinende Schicht gestreckt.
»Es kribbelt ein bisschen, scheint aber harmlos zu sein.«
»Was ist das?«
»Ich weiß es nicht. Ich gehe mal durch.« Bevor Henni ihn zurückhalten konnte, machte Hörg zwei große Schritte und durchstieß den Nebel. Mit einem Mal wurde es laut. Der Lemming hörte ein dumpfes Brummen, in das sich einzelne Schreie und dumpfe Schläge mischten.
»Das ist unheimlich«, sagte Henni, nachdem er Hörg gefolgt war.
»Der Nebel scheint den Schall zu schlucken«, sagte Hörg. »Deswegen haben wir die Biester bisher nicht gehört. Sie befürchten wohl, dass von außerhalb des Berges jemand auf sie aufmerksam wird und den Weg durch die Höhlen findet.«
»Wer sollte das freiwillig tun?«
»Wir beide zum Beispiel.« Hörg grinste seinen Freund an und ging weiter.
An der nächsten Weggabelung konnten Henni und Hörg wieder in die Stadt schauen. Diesmal sahen sie einen größeren Ausschnitt und waren noch erschrockener darüber, wie riesig die Ansammlung an Behausungen war, welche die Nager hier errichtet hatten. An den hohen Wänden waren sie in den Fels hineingehauen und am Boden vermutlich aus den Steinen errichtet worden, die dabei herausgeholt worden waren.
Henni und Hörg verzichteten darauf, näher an das Zentrum der Rattenplage zu gelangen, und wählten

stattdessen einen anderen Gang aus, der leicht bergab führte. Wenn es Hilmer gelungen war, an den Nagern vorbeizukommen, musste er sich mittlerweile unter dieser Stadt befinden. Die Wahrscheinlichkeit, dass die beiden Lemminge ihren neuen Gefährten fanden, wurde aber immer geringer.

21

Obwohl sich Hilmer zwischen Bert und Gerd nicht wirklich wohlfühlte, war er froh darüber, die beiden bei sich zu haben. Den Trichter mit dem Feuer in der Mitte, hatte der Lemming zunächst für das Zentrum des Rattenreichs gehalten. Dabei wohnten dort nur die Familien der Nachkommen eines einzigen Weibchens. Auch wenn Rosa in dieser Beziehung sicherlich besonders fleißig war, erschreckte Hilmer die Anzahl der Familienmitglieder sehr. Als sie aber die Hauptstadt des Volkes erreichten, bekam er vor Staunen den Mund nicht mehr zu.
Bert und Gerd führten ihren Schützling zwischen den Behausungen hindurch und ignorierten die hämischen Bemerkungen der Ratten, die ihnen begegneten. Hilmer wusste jetzt, dass es von Anfang an ein Fehler gewesen war zu glauben, er könnte Etna ohne Hilfe erreichen. Auch wenn er Rosa nicht zu seinen besten Freundinnen zählte, wäre er ohne das Weibchen nie so weit gekommen.
Hilmers Begleiter sprachen nicht viel und auch er selbst zog es vor, schweigend zwischen den beiden weiterzugehen. Natürlich war er neugierig und hätte eine ganze Reihe an Fragen über ihre Lebensweise stellen können, ob er die Antworten aber wirklich wissen wollte, wagte er zu bezweifeln. Allein die Tatsache, dass sich die Ratten von den Leichen der

Todesspringer ernährten, bestätigte ihm, dass er ihre Gewohnheiten nicht für gut heißen würde.

Der Lemming spürte die neugierigen Blicke der Ratten in seinem Rücken. Sicher trugen die meisten von ihnen in Gedanken bereits ihre Lätzchen und würden am liebsten die Zähne in sein Fleisch schlagen. Er hatte nicht das geringste Bedürfnis in den Mägen dieser Viecher zu enden.

Sie verließen die Stadt und gelangten zum Eingang einer Höhle, in der es völlig dunkel zu sein schien. Mehr als ein paar Meter konnte Hilmer nicht hineinschauen. Bisher hatte er in allen Gängen genug sehen können. Die Ratten mussten einen Weg gefunden haben, das Sonnenlicht in ihrem Labyrinth gleichmäßig zu verteilen. Warum hatten sie diesen einen Gang ausgelassen?

»Den Rest des Weges wirst du allein gehen müssen«, sagte Bert und grinste Hilmer blöde an.

»Warum das? Rosa hat mir versprochen, dass ihr mich bis zu Etnas Versteck bringen würdet.«

»Den Weg kannst du ab hier nicht mehr verfehlen«, sagte Gerd. »Glaube mir. Früher oder später wird die Kröte dich finden.«

»Ja, aber ...«

»Nichts, aber«, unterbrach Bert den Lemming. »Weiter als bis hier gehen wir nicht. Du wolltest zu Etna. Wir sollten dir den Weg zeigen. Das haben wir getan. Der Rest ist allein deine Sache.«

»Du hast doch nicht etwa Angst?«, fragte Gerd.

Hilmer hatte genau das, wollte es vor den beiden Nagern aber nicht zugeben. Diese schienen sich selbst nicht näher an die Kröte heranzutrauen. Etna musste übernatürliche Kräfte besitzen, wenn selbst zwei ausgewachsene und kräftige Ratten eine Begegnung mit ihr scheuten.

»Habt ihr die Kröte schon einmal gesehen?«

»Nein«, antwortete Gerd. »Es gibt nicht viele, die sagen können, eine Begegnung mit ihr lebend überstanden zu haben. Wir stören sie nicht und dafür lässt auch sie uns in Ruhe.«

»Hüte dich davor, etwas über ihr Aussehen zu sagen.« Bert schaute Hilmer fast verschwörerisch an. »Etna ist eine Ausgeburt an Hässlichkeit. Selbst für unsere Verhältnisse.«

»Sie selbst sieht das aber nicht so«, ergänzte Gerd. »Wenn du nur zu lange auf ihre faltige, verdorrte Haut starrst, bekommt sie schon einen Wutanfall. Dann bist du tot.«

»Langsam verstehe ich, warum ihr nicht zu der Kröte wollt«, sagte Hilmer. Er spürte einen dicken Kloß in seinem Hals. Jede Zelle seines Körpers sehnte sich danach, das Höhlenlabyrinth im Schicksalsberg zu verlassen. Er hätte es niemals betreten dürfen. Direkt nachdem Turgi und Targi ihn passiert hatten, wäre der richtige Zeitpunkt gewesen, den Gang durch den Brunnen wieder zu verlassen. Jetzt war es zu spät. Er saß in der Falle und wusste nicht, wie er aus diesem Dilemma wieder herauskommen sollte.

»Du musst dich jetzt entscheiden«, forderte Gerd. »Geh in diese Höhle oder lass es bleiben. Wir können dich auch zu einem Ausgang bringen, der dich in deine eigene Stadt bringt, wo du die Bonbons holen kannst, die du unserer Mutter versprochen hast. Du würdest uns damit Arbeit abnehmen.«

»Wie meinst du das nun wieder?«

»Wenn du stirbst - und das wirst du, wenn du zu Etna gehst –, müssen Bert und ich zu deinen komischen Freunden gehen und die Ware abholen. Den beiden würde es sicher besser bekommen, wenn du sie um die Herausgabe des Mittels bittest.«

Hilmer sah die beiden Ratten geschockt an. Ihm wurde klar, dass sie absolut keine Gnade kannten, egal wie harmlos sie sich jetzt ihm gegenüber auch verhielten. Er hatte Henni und Hörg in große Gefahr gebracht und seine beiden Freunde wussten noch nicht einmal etwas davon. Würden ihn Bert und Gerd aber wirklich laufen lassen, wenn er das Labyrinth verließ? Viel wahrscheinlicher war es, dass sie ihm zum Palast folgen würden, um die Ware gleich dort in Empfang zu nehmen.

Hilmer hatte zwar mit der scharfen Ratte Rosa einen Pakt geschlossen, der ihn vor den gefährlichen Nagern schützte. Zu sehr darauf verlassen durfte er sich nicht. Und selbst wenn ihn Bert und Gerd in Ruhe lassen würden, wenn sie die Bonbons hatte, wäre Hilmer immer noch nicht in Sicherheit und müsste sich wieder gegen seine Artgenossen wehren, die seinen Tod wollten. Nein. Er konnte es drehen und wenden, wie er wollte. Er musste zu Etna.

»Ich werde gehen«, sagte Hilmer und schaute in zwei völlig überraschte Rattengesichter. Offensichtlich hatten die Nager erwartet, dass er im letzten Moment kneifen würde.

»Schade«, sagte Bert grinsend. »Für einen Lemming fand ich dich eigentlich ganz nett.«

»Das ist nicht gerade aufbauend«, sagte Hilmer.

»Im Gegensatz zu dir leben wir in der Realität«, sagte Gerd. »Wenn du Etna siehst, Grüße sie von uns. Vorausgesetzt, sie lässt dir überhaupt die Gelegenheit, etwas zu sagen.«

An Berts Blick sah Hilmer, dass die Ratte noch einen draufsetzen wollte. »Spar dir einen weiteren Kommentar«, kam er dem Nager zuvor. »Ich habe es verstanden. Könnt ihr mir wenigstens eine Fackel geben?«

»Schau dich doch einmal um«, lachte Gerd. »Wir brauchen keine zusätzliche Beleuchtung.«

»Dann eben nicht. Ich danke euch, dass ihr so gütig

wart, mich hierher zu bringen. Ihr müsst nicht auf mich warten.«

»Das hätten wir sowieso nicht getan. Du wirst nicht zurückkommen.«

Hilmer sah Bert nur resignierend an und erwiderte nichts mehr. Es hatte keinen Sinn, mit den beiden Nagern zu diskutieren, die er hoffentlich nie wieder sehen würde. Der Lemming ließ die Ratten stehen und ging langsam in die Höhle. Auf den ersten Metern versuchte er, gegenüber Bert und Gerd einen entschlossenen Eindruck zu machen. Als es dann aber immer dunkler wurde, kam die Angst und er ging langsamer. Zum wiederholten Mal fragte er sich, wie er so dämlich hatte sein können, sich freiwillig in die Tiefe dieses Labyrinthes zu begeben.

Die Geräusche, die aus der Stadt zu Hilmer drangen, wurden immer leiser. Vor ihm herrschte Totenstille. Es war gerade hell genug, dass er den Boden unter seinen Füßen sehen konnte. Alles, was weiter als einen Meter von ihm entfernt war, verschwand in der Dunkelheit. Plötzlich hörte er vor sich ein wütendes Zischen.

Hilmer blieb stocksteif stehen und hielt den Atem an. War das etwa schon Etna? Oder lebten noch andere Wesen hier in diesem Loch? Den Weg zu der alten Kröte hatte er sich weiter vorgestellt. Es ging zwar leicht bergab, weit entfernt von der Stadt konnte er aber noch nicht sein. Als sich nach fast einer Minute nichts ereignet hatte, setzte sich Hilmer wieder in Bewegung.

Zu seiner Erleichterung verschlechterte sich die Sicht nicht, wurde aber auch nicht besser. Der Gang knickte leicht nach links ab. Immer wieder kam Hilmer der rechten Seite der Wand so nahe, dass er die Richtung, in die er lief, korrigieren musste. Nach einer Weile - der Lemming hatte längst sein Zeitgefühl

verloren – sah er vor sich ein schwaches Licht.
Hilmers Nerven waren zum Zerreißen gespannt. Vorsichtig setzte er einen Fuß vor den anderen und wagte fast nicht zu atmen.
»Du kannst ruhig näher kommen, ich habe dich längst bemerkt.« Die Stimme schien von allen Seiten zu kommen und klang alles andere als freundlich. Hilmer verspürte den sehnlichsten Wunsch, umzukehren und in Richtung der Rattenstadt zu laufen, riss sich aber mit aller Gewalt zusammen. Etna würde ihm sicher nicht gleich den Kopf abreisen. Vielleicht konnte er sie ja neugierig genug machen, dass sie sich seine Geschichte anhörte. Erst jetzt fiel dem Lemming ein, dass er noch nicht einmal wusste, auf welcher Seite die Kröte stand. Wenn sie eine Vertraute von Helmut war, würde sie vielleicht auch dessen Interessen vertreten. Dann war er so gut wie tot. Jetzt war es allerdings zu spät, sich darüber Gedanken zu machen.
»Willst du da Wurzeln schlagen oder kommst du jetzt zu mir?«
Die Stimme klang noch ärgerlicher als vorher. Hilmer wollte sich nicht aller Chancen berauben, bevor er auch nur ein Wort gesprochen hatte, und ging weiter.

22

Auf ihrem Weg durch die Höhle achteten Henni und Hörg auf jedes noch so kleine Geräusch. Zunächst blieb es ruhig. Dann hörten die beiden vor sich ein leises Wimmern.
»Da weint jemand«, stellte Hörg überflüssigerweise fest.
»Meinst du es ist Hilmer?«
»Ich hoffe nicht.«

»Wir müssen auf jeden Fall nachsehen.«

»Ich weiß nicht, Henni. Wenn er in die Fängen der Ratten geraten ist, werden die sicher nicht tatenlos zusehen, wie wir Hilmer wieder befreien.«

»Du kannst ihn aber auch nicht einfach im Stich lassen.«

»Das will ich ja auch gar nicht«, sagte Hörg.

»Dann lass uns nachsehen, was da los ist.«

Todesmutig schlichen die beiden Lemminge weiter. Sie lauschten angestrengt, konnten aber kein weiteres Wimmern oder Jammern ausmachen.

»Ich bin mir sicher, dass wir uns nicht getäuscht haben«, sagte Hörg und schaute seinen Bruder ratlos an.

»Lass uns weitergehen. Da vorne muss irgendetwas sein.« Henni wartete keine Antwort ab und übernahm die Führung.

Der Tunnel machte eine Biegung und die beiden erreichten einen Durchgang, durch den sie direkt in die Stadt gelangen konnten. Danach führte der Gang durch eine weitere Kurve wieder tiefer in den Berg. Henni und Hörg beschlossen diesen Weg zu nehmen. Sie huschten an der Öffnung vorbei und atmeten erleichtert auf, als sie die Stelle passiert hatten. Als dicht vor ihnen wieder das Wimmern erklang, beschleunigten sie ihre Schritte.

Hinter der nächsten Kurve sahen die beiden Lemminge, wer für die jammernden Laute verantwortlich war. Hörg wusste in dem Moment nicht, ob er Turgi und Targi auslachen oder bemitleiden sollte.

Hilmers Vettern lagen in einer Gefängniszelle, die sich in einer Ausbuchtung des Ganges befand, reglos auf dem Boden. Beide hatten die Augen geschlossen und schienen bewusstlos zu sein. Eine Metallplatte

verhinderte, dass man den Riegel der Tür von innen erreichen und öffnen konnte.
»Was machen wir jetzt?«
»Wir müssen sie befreien«, beantwortete Henni Hörgs Frage.
»Bist du verrückt geworden?«
»Nein. Die beiden sind Lemminge. Wir können sie nicht in den Fängen der Ratten lassen, egal, wie bescheuert sie sich auch verhalten haben.«
»Das ist doch Irrsinn. Wenn wir sie befreien, werden sie wieder versuchen ihren Vetter zu schnappen. So sind sie ausgeschaltet und Hilmer ist wenigstens eine Gefahr los.«
»Du hast ja recht«, gab Henni zu. »Trotzdem. Es geht mir gegen den Strich zwei Artgenossen hier zurückzulassen. Vielleicht gelingt es uns, sie auf unsere Seite zu ziehen. Hier unten können wir jeden Verbündeten gebrauchen.«
»Das glaubst du doch selbst nicht. Wie sollten uns die beiden Spinner den helfen? Sie behindern uns nur und wir werden langsamer vorankommen.«
»Wie auch immer«, sagte Henni. »Wir müssen jetzt etwas tun. Es dauert sicher nicht ewig, bis einer dieser verfressenen Nager hier auftaucht. Dann möchte ich verschwunden sein.«
»Ich auch.«
»Dann hilf mir jetzt die beiden Irren zu befreien.«
»Na gut. Aber beschwer dich hinterher nicht bei mir, wenn irgendetwas schiefgeht.« Eine innere Stimme sagte Hörg, dass es ein sehr großer Fehler war, die Gefangenen freizulassen. Er wollte sich aber auch nicht gegen seinen besten Freund stellen. Es war definitiv nicht der richtige Zeitpunkt für einen Streit. Dafür war die Gefahr, von den Ratten entdeckt zu werden, zu groß.

Henni schob den Riegel der Zellentür beiseite und trat in die Kammer. »Kümmere du dich um den anderen«, sagte er und wandte sich einem Bewusstlosen zu. Er ging neben dem Lemming auf die Knie und legte seine Pfote auf dessen Stirn.

In diesem Moment explodierte Turgi. Als würde er von einem Katapult abgeschossen, sprang er nach oben und donnerte Henni beide Fäuste auf die Nase. Der wurde von der Aktion völlig überrascht und fiel nach hinten. Ehe er selbst auch nur an eine Reaktion denken konnte, war Turgi bereits an ihm vorbeigeflitzt und lief in Richtung Ausgang.

Targi war es gelungen, Hörg auf ähnliche Art zu überraschen. Dicht hinter seinem Bruder verließ er die Zelle, donnerte die Tür zu und schob den Riegel vor.

»Ihr seid die elendsten Dreckschweine, die unser Volk jemals hervorgebracht hat«, zischte Hörg und starrte seine Vettern zornig an. »Macht sofort die Tür auf und lasst uns hier heraus.«

»Wir denken gar nicht dran«, antwortete Turgi grinsend.

»Die Ratten wissen, dass zwei Lemminge in der Zelle sind«, sagte Targi. »Sie werden nicht so genau hinschauen und den Unterschied nicht bemerken.«

»Dazu sind sie zu dumm«, fügte Turgi bei.

»Ihr seid Vollidioten und Ignoranten«, regte sich Henni auf. »Wir haben euch geholfen, obwohl ihr euch gegen Hilmer stellt. Und jetzt fallt ihr uns in den Rücken.«

»Euer Vetter hat mehr Hirn als ihr beiden zusammen«, sagte Hörg. »Und jetzt lasst uns endlich hier raus oder ich schwöre, dass ihr es bereuen werdet.«

»Was wollt ihr denn machen?«, lachte Turgi.

»Ihr werdet den Ratten nicht entkommen«, fügte Targi hinzu. »Wir schnappen uns jetzt Hilmer und dann

verschwinden wir aus diesem Labyrinth. Euch wünschen wir noch viel Spaß.«
»Grüßt die Nager von uns«, spottete Turgi.
»Dafür werdet ihr bezahlen«, sagte Hörg mit hochrotem Kopf, bekam aber keine Antwort mehr. Die beiden Verräter drehten sich grinsend von ihm und Henni weg und verschwanden in dem Gang, der vom Zentrum der Ratten wegführte.

23

»Wo bist du?«, rief Hilmer, als er näher an die Quelle des Lichtes herantrat. Etna konnte er nicht entdecken. Bis auf ein paar lästige Fliegen, die um ihn herumschwirrten, schien er allein zu sein. Dennoch war er sich sicher, dass er sich die Stimme nicht eingebildet hatte.
»Keine Sorge, ich bin ganz in deiner Nähe. Geh weiter, bis du eine Feuerstelle erreichst.«
Hilmer tat, wie ihm geheißen, und ging vorsichtig weiter, bis er den Platz erreichte. Eine Fliege ließ sich auf seiner Schulter nieder.
»Lass es sein«, zischte die fremde Stimme, als der Lemming den Störenfried wegschlagen wollte.
Hilmer erstarrte und traute sich nicht mehr, sich zu bewegen. Bisher hatte er immer gedacht, dass Fliegen zu den beliebtesten Nahrungsmitteln der Kröten gehörten. Etna schien hier eine Ausnahme zu sein. Hoffentlich stand sie nicht auf Lemmingfleisch.
»Es war mutig von dir, hier herunterzukommen«, sagte Etna. »Aber nicht besonders schlau.«
»Ich habe keine bösen Absichten«, sagte Hilmer schnell.
»Das weiß ich. Es mag sein, dass ich hier unten ein einsames Leben führe, aber glaube mir eines. Ich bin

sehr gut darüber informiert, was sich innerhalb und außerhalb dieses Berges zuträgt.«

Hilmer war irritiert. Er hatte erwartet, auf ein abgrundtief böses Wesen zu treffen, das versuchen würde ihn umzubringen. In Wirklichkeit sprach die Kröte aber mit sehr sachlicher Stimme und schien keinerlei Groll gegen ihn zu hegen. Sie kam ihm eher neugierig vor, was viel mehr war, als er sich zu träumen gewagt hätte.

»Ich bin gekommen, um dich um Hilfe zu bitten.«

»Dann bist du der Lemming, der sich geweigert hat, vom Todesfelsen zu springen?«

»Du hast davon gehört?« Hilmer schaute verwundert in die Richtung, aus der die Stimme kam. Sein Zusammentreffen mit Etna überraschte ihn immer mehr.

»Ich sagte dir doch, dass ich meine Informanten habe. Was sagt Helmut zu deiner Haltung?«

»Er ist alles andere als begeistert und will mich umbringen lassen.«

»Gut. Dann weiß ich jetzt auch, warum dich die anderen Lemminge verfolgen.«

Hilmer fand das zwar alles andere als gut, wollte Etna aber nicht widersprechen. Noch immer wurde er nicht schlau aus der Kröte und musste befürchten, dass sie auf der Gegenseite stand. Plötzlich sah er im Schatten vor sich eine Bewegung. Instinktiv ging der Lemming ein paar Schritte zurück und schaute voller Spannung zu dem Wesen, das sich ihm langsam näherte. Hilmer stockte der Atem, als er die Umrisse erkennen konnte. Etna war etwa halb so groß wie ein Lemming, aber viel breiter. Hilmer hatte den Eindruck, ein dunkler Ball käme auf ihn zu. Er wusste aber, dass er die Kröte auf gar keinen Fall unterschätzen durfte. Sicher hatte sie ihre Helfer nicht nur unter den Ratten. Als sie näher kam, konnte der Lemming Etnas Körper besser sehen. Ihre Haut schien nur aus Falten zu bestehen, die in Ringen übereinanderlagen. Außerdem war sie trocken und spröde. An einigen Stellen waren dünne Blutfäden zu sehen.

»Hat dir mein Anblick die Sprache verschlagen?«

»Ähm, nein«, antwortete Hilmer. Er dachte an die Warnung der beiden Ratten, dass er die Alte auf keinen Fall auf ihr Aussehen ansprechen durfte. »Ich bin nur überrascht, wie gut du über alles Bescheid weißt.«

»Die Fliegen tragen mir alles Wichtige zu«, erklärte Etna. »Weil sie klein sind und fast überall hinkommen, sind sie für diese Aufgabe perfekt.«

Erst jetzt fiel Hilmer auf, dass zwei der widerlichen, summenden Wesen auf der Schulter der Kröte saßen. In Gedanken gab er der Alten recht. Sie waren die idealen Verbündeten, wenn es um Spionage ging. Keiner würde in ihnen eine Gefahr sehen – schlimmstenfalls eine lästige Plage.

»Entspanne dich, Hilmer«, sagte Etna und auf ihr Gesicht legte sich etwas, das aussah wie ein Grinsen, die Kröte aber noch hässlicher machte. »Du hast nichts zu befürchten. Zumindest nicht im Moment.«

»Woher kennst du meinen Namen?«

»Du kennst meinen ja auch. Warum bist du hier?«

»Ich bin auf der Suche nach den heiligen Schriften des furchtlosen Wonibalts.«

»Wie kommst du darauf, dass die sich ausgerechnet bei mir befinden sollen? Behauptet Helmut das?«

»Ja.«

»Er ist ein elender Lügner.«

Hilmer erschrak. Was sollte das bedeuten? Wollte Etna ihm damit sagen, dass er den Weg zu diesem furchtbaren Ort völlig umsonst auf sich genommen hatte? Plötzlich spürte der Lemming, wie eine weitere Fliege auf seiner Schulter landete. Im Bruchteil einer

Sekunde schnellte Etnas Zunge aus ihrem Mund und schnappte sich das Insekt.

»Sagtest du nicht eben noch, dass die Fliegen zu dir gehören?«, fragte Hilmer entsetzt.

»Diese war eine Informantin des Königs.«

»Wie kannst du den Unterschied erkennen?«

»Meine Augen sind besser, als du denkst.« Etna grinste schon wieder so hässlich.

Hilmer musste sich zum wiederholten Mal zwingen, sie nicht anzustarren. »Was meinst du damit, dass Helmut lügt? Stimmt es etwa nicht, dass er die heiligen Schriften des furchtlosen Wonibalts bei dir versteckt hat?«

»Hat er dir das erzählt?«

»Nein. Nicht mir. Einer meiner Freunde hat gehört, wie er Dieter sagte, wo er die Bücher versteckt hat.«

»Der unterbelichtete Hamster hat wahrscheinlich so lange gefragt, bis er eine Antwort bekam. Helmut hat ihn belogen,

damit er seine Ruhe hat. Dieter ist ein elendiger Feigling. Er würde sich niemals hierher wagen. Jetzt hat der König Ruhe vor ihm und kann seine Lüge aufrechterhalten.«

»Was meinst du damit? Wo sind die Schriften?«

»Sie existieren nicht. Wonibalt war eher furchtbar als furchtlos. Er war Helmuts Großvater und das gelobte Land ist seine Erfindung. Eure komischen Massenselbstmorde basieren auf einer Lüge. Der König hat euch euer Leben lang verarscht.«

Das kann nicht wahr sein, dachte Hilmer. Auch wenn er darauf gehofft hatte, beweisen zu können, dass der König die Schriften falsch auslegte, brach in diesem Moment eine Welt in ihm zusammen. Wenn er sich nicht im letzten Moment geweigert hätte, vom Todesfelsen zu springen, würde niemals ein Lemming die heiligen Schriften infrage stellen. Hilmer wurde es schwindelig und er bekam weiche Knie, als ihm das wahre Ausmaß von Helmuts Grausamkeit klar wurde. Er setzte sich auf den Boden und schaute die Kröte kopfschüttelnd an.

24

»Mir ist klar, wie sehr dich das alles schockieren muss«, sagte Etna. »Aber ich schwöre dir, dass ich die Wahrheit sage.«
»Wenn das stimmt, was du sagst, belügt Helmut sein gesamtes Volk.«
»Welchen Grund sollte ich haben, so etwas zu erfinden?«
»Ich weiß nicht mehr, was ich noch glauben soll.«
Hilmer schaute die alte Kröte ratlos an.
»Wonibalt war ein alter Drecksack, der sein Volk geknechtet hat. Ich habe ihn nie gemocht.«
»Du kanntest ihn?«
»Ja. Wegen ihm sitze ich jetzt seit Jahrzehnten hier unten im Berg. Er war es, der mich damals verbannte. Im Laufe der Jahre habe ich mich an das Leben hier unten gewöhnt und bin geblieben.«
»Ich verstehe kein Wort.«
»Lass mich der Reihe nach erzählen«, schlug Etna vor und setzte sich neben ihren Besucher. »Ihr Lemminge wart schon immer ein etwas schräges Volk. Vor mehr als zwanzig Jahren wurdet ihr vom grausamen Wonibalt regiert.«
»Helmuts Großvater.«
»Genau. Weil ihr schon immer sehr fruchtbar wart, gab es einfach zu viele von euch. Die Nahrungsmittel wurden knapp und es raffte Unzählige deiner Artgenossen dahin. Seuchen und Krankheiten waren die Folge. Der Rat der vier Weisen, der neben dem

König die wichtigste Macht in eurem Staat bildete, wusste nicht mehr, was er noch tun konnte, und vertraute Wonibalt. Der hatte aber nichts Gutes im Sinn. Als die Mitglieder des Rates dies bemerkten, war es bereits zu spät.«

»Wonibalt führte sie in den Tod?«

»Willst du die Geschichte erraten oder soll ich sie dir erzählen?« Etna schaute Hilmer ungehalten an, der sofort beschwichtigend die Pfote hob.

»Sprich bitte weiter.«

»Wonibalt selbst war zu diesem Zeitpunkt bereits fast zehn Jahre alt und gehörte zu den Ältesten deiner Art. Es interessierte ihn lange Zeit nicht, was mit seinem Volk geschah, und er kümmerte sich nicht um seine Untertanen. Dann wurde er krank. Er bestellte mich an den Hof und bot mir alle erdenklichen Reichtümer an, wenn ich ihn heilen würde.«

»Warum dich?«

Etna schaute Hilmer böse an und schwieg. »Entschuldige«, sagte der Lemming und sah betreten zu Boden.

»Im Volk der Kröten gibt es ein paar Frauen, die sich auf die Heilkunst verstehen. Ich habe von meiner Mutter sehr viel gelernt und galt als hoffnungsvolles Talent in der Veterinärmedizin. Deshalb wollte der König nur von mir behandelt werden. Als ich einen Tumor in seinem Kopf diagnostizierte, war er außer sich vor Wut und wollte mich ins Verlies sperren. Mir gelang die Flucht, aber Wonibalt gab nicht auf. Mit Hilfe der Ratten kam ich hierher. Selbst heute noch muss ich befürchten, dass Helmut mich töten lässt, wenn ich dieses Labyrinth verlasse. Ich weiß einfach zu viel.«

Hilmer brannten lauter Fragen auf der Zunge, aber er wagte es nicht, Etna ein weiteres Mal zu unterbrechen. Auch wenn sie ihm bisher eher harmlos vorkam, hatte er einfach zu viele schreckliche Dinge über die Kröte gehört. Oder hatte sie am Ende ein Teil der Gerüchte selbst unter sein Volk gebracht, damit sie hier unten ihre Ruhe hatte? Der Verdacht lag nahe, Hilmer traute sich aber nicht, ihn auch auszusprechen.

»Wonibalt konnte den Gedanken nicht ertragen, dass seine Untertanen weiterleben sollten und er nicht. Aus diesem Grund schmiedete er einen grausamen Plan. Der König verbot die Lehren des Rates und behauptete, von einer höheren Macht zum Propheten auserkoren zu sein. Natürlich glaubten ihm die Lemminge kein Wort. Erst als Wonibalt es irgendwie schaffte, ein paar Wunder geschehen zu lassen, und damit begann, sein Volk mit Nahrungsmitteln zu versorgen, wuchs das Vertrauen, das seine Untertanen in ihren König setzten. Sie konnten ja nicht ahnen, dass er in Wirklichkeit vorhatte, einen Großteil von ihnen auszulöschen.«

Etna stieß einen tiefen Seufzer aus und schaute Hilmer aus müden Augen an. »Ich habe sehr lange nicht über diese Dinge gesprochen und die Erinnerung schmerzt noch immer. Wenn du dem Gang hinter mir ein kleines Stückchen folgst, kommst du an einen Bach. Hol mir etwas zu trinken.«

Hilmer beeilte sich, dem Wunsch der Kröte nachzukommen. Er fand einen Becher, füllte ihn bis zum Rand und brachte ihn Etna. Die schüttete die Flüssigkeit gierig in ihre Kehle.

»Konnte der Rat der vier Weisen nichts gegen den König unternehmen?«

»Sie waren es letztendlich, die Wonibalt auf die grausamste von all seinen Ideen brachten.«

»Wie das?«

»Die Männer wurden vom König nicht nur entmachtet, sondern zutiefst gedemütigt. Wonibalt hätte die

Lehren des Rates vermutlich noch nicht einmal verbieten müssen. Als er anfing, die vermeintlichen Wunder zu bewirken, glaubte den Weisen ohnehin niemand mehr. Sie wurden zu überflüssigen Witzfiguren. Das konnten sie nicht ertragen und entschlossen sich dazu, ein letztes Zeichen zu setzen. Sie gingen zum Schicksalsberg und sprangen gemeinsam vom Todesfelsen. Damals hieß er natürlich noch nicht so.«

Hilmer schwieg, als Etna eine weitere Pause einlegte. Wortlos nahm er den Becher und füllte ihn mit Wasser. Was er bisher gehört hatte, war ein schwerer Schock für den Lemming. Nie im Leben hatte er damit gerechnet, dass ihm die Kröte eine derartige Geschichte erzählen würde. Dennoch glaubte er ihr jedes Wort. Helmut war ein Drecksack. Sein Geheimnis wäre hier unten sicher gewesen, wenn er Dieter nicht erzählt hätte, dass Etna die sogenannten heiligen Schriften bewachte.

»Es muss dir schwerfallen, dies alles zu hören«, unterbrach Etna Hilmer in seinen Gedanken. »Es geht aber noch weiter. Die vier Mitglieder des Rates zeigten dem König einen Weg, wie er sein Volk noch weit über seinen Tod hinaus bestrafen konnte. Er wusste, dass er selbst nur noch wenige Tage zu leben hatte. Sein Körper wurde innerlich zerfressen und bereitete ihm große Schmerzen. Gemeinsam mit seinem Sohn Herbert entwickelte er dann die heiligen Schriften. Es gab eine Kundgebung, an dem er seine Thesen öffentlich vorstellte. Er behauptete, dass der Rat der vier Weisen den Weg in eine Welt gefunden hatte, in der es weder Überbevölkerung noch Hungersnot gab.«

»Das gelobte Land.«

»Du hast es erfasst. Als er verkündete, dass ihm alle Lemminge in den Tod folgen sollten, die mindestens fünfzehn Monate alt waren, löste er eine Masseneuphorie aus. Seine Untertanen glaubten an ihn und nahmen so am ersten Massenselbstmord in der Geschichte der Lemminge teil. Herbert und später auch Helmut setzten Wonibalts Werk fort und predigten seine Lehren. Die jungen, naiven Lemminge glaubten ihnen jedes Wort und bewunderten ihren jeweiligen König sogar noch dafür, dass er es auf sich nahm, am Leben zu bleiben, um sein Volk auf das Kommende vorzubereiten. Es dauerte nur wenige Generationen, bis die Lemminge sich sogar auf den Tag freuten, an dem sie in das gelobte Land reisen durften. Dieses hat jedoch niemals existiert.«

Hilmer konnte seine Tränen nicht mehr zurückhalten. Nachdem er von Etna die komplette Tragweite von Helmuts Lügen erfahren hatte, ergriff ihn eine Traurigkeit, wie er sie sich vorher nicht einmal hätte vorstellen können. Sein eigener Weg war hier zu Ende. Ohne einen Beweis würde sein Volk niemals glauben, dass der König sie betrog. Das Spiel war aus. Er hatte verloren.

25

»Es ist ja nicht so, dass ich dich nicht gewarnt hätte.«
»Halt endlich die Klappe«, schrie Henni. Er sprang auf, trat gegen einen Stein und bereute dies den Bruchteil einer Sekunde später. Der Schmerz zog wie eine Spirale von seinem kleinen Zeh, über den Fuß, durch das Bein bis zu seiner Hüfte. »Wie lange willst du mir das denn noch vorwerfen?«, fragte Henni zwischen zwei Stöhnlauten.
»Solange, wie wir hier in diesem Verlies Gefangene der Ratten sind.«

»Du tust gerade so, als wäre das allein meine Schuld. Du hast dich von Turgi und Targi genauso überraschen lassen wie ich.«

»Ich hätte diese beiden Blödmänner in dem Verlies verrotten lassen. Jetzt blüht uns dieses Schicksal. Vorausgesetzt natürlich, dass wir nicht vorher im Kochtopf der Ratten landen. Es könnte alles in Ordnung sein. Aber nein. Du musstest ja unbedingt den großen Helden spielen, der keinen Artgenossen im Stich lässt.«

»Ich finde deine Betrachtungsweise sehr einseitig«, sagte Henni und tat so, als wäre er nach Hörgs Worten beleidigt. Das Schlimmste war aber, dass er seinem besten Freund recht geben musste. Er hatte es vergeigt. Und zwar gründlich.

»Ich hoffe nur, dass die Nager diese beiden Verräter wieder einfangen«, sagte Hörg. »Es stirbt sich leichter, wenn man weiß, dass die Gegenseite ebenfalls nicht überleben wird.«

»Unsere Feinde sind die Ratten«, widersprach Henni.

»Wieso? Mir haben sie noch nichts getan. Meine eigenen Artgenossen haben mich in diese Lage gebracht.«

»Jetzt reicht es mir aber«, schrie Henni, blieb dieses Mal aber sitzen. »Ich habe dir gesagt, dass es mir leid tut. Was soll ich noch machen? Vor dir auf dem Boden kriechen?«

»Vielleicht komme ich später darauf zurück«, antwortete Hörg und drehte Henni den Rücken zu.

»Was macht ihr beiden für einen Krach?«, sagte plötzlich eine Stimme von außerhalb der Zelle. »Man könnte fast meinen, dass ihr es eilig habt und einen schnellen Tod wünscht.«

»Es sind Lemminge, Gerd. Was hast du erwartet?«

»Der andere wollte auch nicht sterben. Heute stimmt irgendetwas mit unseren fröhlichen Klippenspringern nicht. Sie benehmen sich seltsam.«

»Redet nicht über uns, als wären wir nicht da«, mischte sich Hörg in den Dialog der beiden Ratten ein, die zu ihrem Verlies gekommen waren und nun vor den Gitterstäben standen.

»Es ist Mittagsruhe«, sagte Gerd. »Ihr weckt mit eurem Geschrei die ganze Stadt auf.«

»Wenn das passiert, können wir euch auch nicht mehr helfen«, ergänzte die zweite Ratte.

»Als ob ihr das tun würdet«, sagte Hörg verächtlich.

»Wir sind hergekommen, um euch zu verhören«, sagte Gerd und stieß seinen Kumpan an. »Ist es nicht so Bert?«

»Ja. Heute scheint es in unseren Höhlen nur so von Lemmingen zu wimmeln. Wir wüssten gerne, warum.«

»Woher sollen wir das wissen?«, fragte Henni scheinheilig.

»Ihr seid nicht die Gleichen, die wir vor einigen Stunde hier eingesperrt haben«, sagte Bert. »Könnt ihr uns das erklären?«

»Wie kommst du darauf?«, wollte Hörg wissen.

»Auch wenn ein Lemming dem anderen sehr ähnelt, gibt es doch Unterschiede, die auch eine Ratte erkennen kann«, antwortete Gerd verächtlich. »Ich habe noch keinen von euch gesehen, der so komische Ohren hat wie du.«

»Was willst du damit sagen, du Langschnauze?« Hörg fuhr hoch, sprang zum Gitter und drohte den beiden Nagern mit den Fäusten. »Ich kann dir gerne mal zeigen, wer hier komisch aussieht.«

Die beiden Ratten brachen in schallendes Gelächter aus. »Du hast Mut«, sagte Bert. »Das muss man dir lassen.«

»Was hast du eben damit gemeint, als du von anderen Lemmingen gesprochen hast?«, versuchte Henni das Gespräch wieder auf eine sachliche Ebene zu bringen.

»Es ist nicht normal, dass sich an einem Tag fünf von euch zu uns verirren.«

»Wieso fünf?«, fragte Henni, obwohl er die Antwort bereits kannte.

»Außer euch und den beiden Spinnern, die vorher in der Zelle saßen, war da noch so ein Verrückter, der unseren Warnungen zum Trotz unbedingt in die tiefsten Winkel dieser Höhle vordringen wollte, um ein Wesen zu besuchen, das niemanden sehen will.«

»Ihr habt Hilmer getroffen?«, fragte Henni freudig überrascht.

»Wir haben ihm den Weg gezeigt«, erklärte Gerd. »Inzwischen dürfte er aber tot sein. Die alte Kröte mag es nicht, wenn man ihre Ruhe stört.«

»Wenn ihr so sicher seid, dass es ein Fehler war, warum habt ihr Hilmer dann zu Etna gehen lassen?« Henni glaubte nicht, dass die Reise ihres Freundes tatsächlich bereits zu Ende war. Vielleicht sagten die beiden Ratten nicht alles, was sie wussten. Es gab keinen Grund den Nagern zu trauen. Besonders nicht, solange sie ihre Gefangenen waren.

»Rosa wollte, dass wir eurem Freund helfen«, erklärte Bert.

»Wer ist Rosa?«, wollte Hörg wissen.

»Unsere Mutter«, antwortete Gerd stolz. »Sie ist die Chefin hier und entscheidet, was mit Eindringlingen geschieht. Die Vormieter dieses bezaubernden Raumes sind bereits bei ihr.«

»Ihr spinnt doch«, sagte Henni, freute sich aber, dass Turgi und Targi wieder in die Fänge der Ratten geraten waren.

»Wäre es nicht jetzt der richtige Zeitpunkt, uns hier herauszulassen?«, fragte Hörg spöttisch.
»Rosa wird entscheiden, ob und wann ihr wieder freigelassen werdet. Ich bin mir aber sicher, dass sie zunächst eine andere Verwendung für euch hat.«
Berts Grinsen gefiel Henni ganz und gar nicht. Er hätte zu gerne gewusst, was die Nager mit ihm und Hörg vorhatten.
»Wir werden mit unserer Mutter reden«, sagte Gerd.
»Ich glaube aber nicht, dass sie sich heute schon mit euch beschäftigen will. Ihr werdet die Nacht wohl in dieser Zelle verbringen müssen. Habt ihr Hunger?«
»Nein«, sagte Hörg mürrisch.
»Ja«, setzte Henni dagegen.
»Was denn nun?«
»Ja, wir wollen etwas essen«, beantwortete Henni Berts Frage.
»Dann hört mit dem Krach auf. Wir holen euch etwas.«
»Das sind ja rosige Aussichten«, sagte Hörg, nachdem die beiden Ratten außer Sichtweite waren.
»Ich bin mir nicht sicher, ob ich diese Rosa kennenlernen will.«
»Immerhin scheint sie Hilmer geholfen zu haben.«
»Warten wir es ab. Mehr können wir im Moment sowieso nicht tun.«

26

»Dann wird mir nichts anderes übrig bleiben, als nun doch vom Todesfelsen zu springen«, sagte Hilmer resignierend.
»Wieso das denn?«, fragte Etna sichtlich überrascht.
»Ich habe dir doch gerade erzählt, dass es kein gelobtes Land gibt und die Schriften erstunken und

erlogen sind. Warum willst du sie jetzt noch befolgen?«

»Ich kann nicht beweisen, dass Helmut ein Betrüger ist. Niemand wird mir glauben.«

»Vielleicht doch.«

Jetzt war es an Hilmer, überrascht zu sein. Hatte ihm die Kröte etwa noch nicht alles erzählt? Gab es noch mehr Geheimnisse über das Volk der Lemminge, die hier unten in den Tiefen des Berges gehütet wurden?

»Nun mach es nicht so spannend und sag mir, was du meinst.«

»Der Rat der vier Weisen hat die wahren Lehren deines Volkes bewahrt. Es gibt Chroniken, die über Jahrzehnte hinweg bis in die Zeit vor Wonibalts Herrschaft zurückreichen. Dort wurden die Gesetze festgeschrieben, die damals Gültigkeit hatten und den Rat und den König auf eine Machtstufe stellten. Natürlich wollte Wonibalt diese Schriften vernichten. Der Rat konnte sie aber in Sicherheit bringen, bevor sich seine Mitglieder endgültig im Netz von Wonibalts Intrigen verfingen.«

»Wo sind diese Chroniken jetzt?«

»Das weiß ich nicht genau.«

»Dann helfen sie mir nicht.«

»Du musst die alten Aufzeichnungen finden«, sagte Etna entschieden. »Damit kannst du beweisen, dass euer König ein Lügner ist, und seine Herrschaft beenden. Du musst den Massenselbstmorden einen Riegel vorschieben und dein Volk in eine glücklichere Zukunft führen.«

»Wieso ich?«

»Weil alle anderen Lemminge mit ihrem Leben zufrieden sind.«

Hilmer spürte plötzlich die enorme Last, die auf seinen Schultern lag. Mit der Weigerung, sich in den Tod zu stürzen, hatte er sich in eine Lage gebracht, mit der er niemals gerechnet hätte. Was Etna jetzt von ihm verlangte war mehr, als ein einziger Lemming leisten konnte. Mit Henni und Hörg hatte er zwar eifrige Helfer, aber Turgi und Targi waren ebenfalls noch im Spiel und würden niemals aufhören ihn zu jagen.

»Hast du eine Idee, wie ich an die Chroniken herankomme?«

»Du musst die VHL finden.«

»Wen?«

»Die Vorboten des heilbringenden Lemmings.«

»Von denen habe ich noch nie gehört«, sagte Hilmer.

»Es gibt nur sehr wenige Lebewesen, die etwas über diese Untergrundbewegung wissen. Selbst Helmut denkt, dass sie schon lange ausgelöscht ist.«

»Es wird immer komplizierter. Was machen diese Vorboten? Welche Aufgabe haben sie?«

»Das ist eine längere Geschichte.«

»Ich habe Zeit.«

»Nachdem sich der Rat selbst ausgeschaltet hatte, gab es ein paar mutige Lemminge, die die alten Machtverhältnisse wieder herstellen wollten. Sie erkannten sehr schnell, dass sie dieses Ziel nicht so leicht erreichen konnten. Der König ließ Jagd auf sie machen und sie gründeten einen geheimen Orden. Wonibalt hat alles versucht, konnte das Versteck dieser Gruppe aber nicht finden. Sein Sohn Herbert kümmerte sich nicht um die Außenseiter und sie gerieten in Vergessenheit.«

»Also existieren sie noch?«

»Soweit ich weiß, ja. Sie bewahren ihr Geheimnis und warten darauf, dass jemand kommt, der den Kampf gegen die Machenschaften des Königs aufnimmt.«

»Würden sie das denn überhaupt merken? Wenn sie so versteckt leben, bekommen sie doch gar nicht mit, was im Palast geschieht.«

»Du darfst die VHL nicht unterschätzen. Sie haben genauso ihre Informanten wie ich.«

»Aber sie sind im Besitz der alten Chroniken?«

»Mehr oder weniger.«

»Was soll das nun wieder heißen?« Hilmer verlor langsam die Geduld. Es ärgerte ihn, dass er der alten Kröte jeden Wurm einzeln aus der Nase ziehen musste. Ändern konnte er das aber nicht. Etna hatte wenig Abwechslung in ihrem zurückgezogenen Leben und alle Zeit der Welt. Das Gespräch mit ihrem Besucher schien ihr große Freude zu bereiten.

»Der Rat der vier Weisen hat die alten Chroniken in einer Gruft versteckt, die tief unter ihrem Tempel lag und von einem Fremden nicht gefunden werden konnte«, erklärte Etna. »Die VHL wussten, dass sie diese Schriften vor Wonibalt finden mussten, damit der König nicht auch noch den letzten Beweis für seine grausamen Taten auslöschen konnte.«

»Haben sie die Gruft gefunden?«, fragte Hilmer, der spürte, wie ihm vor Spannung die Pfotenflächen feucht wurden. Er sah wieder ein Ziel, auf das er hinarbeiten konnte, und war fest entschlossen, alles Nötige zu tun.

»Die VHL konnten nicht bis zu den Schriften vordringen. Der Rat hat sie hinter drei Türen verborgen, für die es jeweils nur einen Schlüssel gibt. Diese wurden an verschiedenen Plätzen versteckt und haben sich bis heute nie in der Pfote einer einzelnen Person befunden. Die Vorboten sind nun bereits seit Generationen auf der Suche, haben aber erst einen einzigen der Schlüssel in ihren Besitz bringen können.«

»Haben sie nie versucht, die Türen mit Gewalt zu öffnen?«

»Der Rat hat Sicherheitsvorkehrungen eingebaut. Die VHL wollen nicht riskieren, dass die Schriften zerstört werden.«

»Also bewachen sie die Gruft«, vermutete Hilmer.

»So ist es. Viel mehr bleibt ihnen nicht. Sie klammern sich an ihre letzte Hoffnung.«

»Die Ankunft des heilbringenden Lemmings.«

»Du hast es erfasst.«

Hilmer dachte nach. Die ganze Geschichte klang verrückt. Dennoch zweifelte er an keinem von Etnas Worten. Konnte es sein, dass er selbst derjenige war, auf den die VHL seit Generationen warteten? Konnte er es schaffen, die Tore zu den Schriften zu öffnen?

»Ich verstehe nicht, warum die Vorboten die Suche nach den Schlüsseln aufgegeben haben.«

»Das haben sie nicht. Sie haben alles versucht, aber sämtliche Hinweise sind im Sand verlaufen. Außerdem ist die Mitgliederzahl der VHL deutlich gesunken. Es ist nicht leicht, junge Lemminge von den wahren Lehren zu überzeugen.«

»Nehmen sie denn an den Selbstmorden teil?«, fragte Hilmer überrascht.

»Sie wollen nicht auffallen und halten sich an Helmuts Gesetze.«

»Aber das ist doch Irrsinn, denn sie wissen, dass es kein gelobtes Land gibt.«

»Das ist es sowieso. Ihr seid ein komisches Volk.«

Hilmer wusste nicht, was er gegen diese Feststellung sagen sollte, und wechselte das Thema. »Hast du eine Idee, wo die Schlüssel sein können?«

»Natürlich. Ich besitze einen und weiß, wo sich der zweite befindet.«

»Warum hilfst du den VHL dann nicht?«, regte sich Hilmer auf. Nachdem er seine anfängliche Angst überwunden hatte, war er mehr und mehr zu der Überzeugung gelangt, dass Etna auf seiner Seite stand. So ganz schien dies aber dann doch nicht zu stimmen.

»Warum sollte ich das tun? Du darfst nicht vergessen, dass es ein Lemming war, wegen dem ich mich hierher zurückziehen musste. Wieso sollte ich mich jetzt auf die Seite dieses Volkes stellen, dass mir damals auch nicht geholfen hat?«

»Du könntest dich an Wonibalts Enkel rächen«, entgegnete Hilmer.

»Ich habe bisher keinen Grund gesehen, mich in fremde Angelegenheiten einzumischen. Auch wenn ich dank meiner Fliegen über alle Vorgänge in diesem Land informiert bin, kümmere ich mich nicht einmal darum, was die Ratten über mir treiben, solange sie mich in Ruhe lassen.«

»Aber mir hast du geholfen.«

»Du hast Mut bewiesen, als du den Weg hierher gefunden hast. Das hat mir imponiert.«

»Sagst du mir auch, wo sich die beiden fehlenden Schlüssel befinden?«

»Nicht nur das«, antwortete Etna lachend. »Ich gebe dir sogar einen.«

Hilmer starrte die Kröte sprachlos an. Die Überraschungen nahmen kein Ende. Hatte er sich vor wenigen Minuten noch am Boden zerstört gesehen, wuchs seine Hoffnung jetzt stetig an. War das ein Trick oder hatte Etna sich tatsächlich entschlossen, sich auf die Seite seines Volkes zu stellen? »Wie meinst du das?«, fragte der Lemming schließlich.

»Deine Art ist nur ein Haufen willenloser Weicheier, die nichts anderes im Sinn haben, als sich selbst in den Tod zu stürzen. Es freut mich, in dir eine Ausnahme zu sehen. Wenn du es nicht schaffst, die heiligen Schriften zu finden, wird es vermutlich, solange ich lebe, kein weiterer Lemming versuchen.

Der Schlüssel nützt mir also nichts mehr. Deshalb werde ich ihn dir geben.«
»Ich bin dir sehr dankbar, Etna«, sagte Hilmer, der allergrößten Respekt vor der Kröte hatte. Sie hatte großes Unrecht ertragen müssen und sich in einer Umgebung behauptet, die alles andere als wohnlich war. Dennoch war sie bei Weitem nicht das verbitterte, alte Wesen, dessen Namen innerhalb der Völker nur flüsternd und mit großer Angst ausgesprochen wurde. Die Geschichten, die man sich über Etna erzählte, konnten nicht stimmen. Dennoch war Hilmer mittlerweile klar, wie wichtig es für die Kröte war, auf diese Art zu verhindern, dass sie von ungebetenen Gästen heimgesucht wurde. »Wo ist der zweite Schlüssel?«
»Den hat die rattenscharfe Rosa. Wie ich hörte, hast du sie bereits kennengelernt.«
Hilmer erschrak. Dass sich der letzte Schlüssel ausgerechnet im Besitz der sextollen Nagerin befand, war ein echtes Problem. Wie sollte er sie davon überzeugen, ihm das kostbare Stück auszuhändigen? Stehlen konnte er ihn der Ratte sicher nicht. Auf keinen Fall würde er ihren Lustsklaven spielen, um auf eine Gelegenheit zu warten, an den Schlüssel heranzukommen. Er musste sich etwas anderes einfallen lassen.
»Wenn du beide Schlüssel hast, musst du die letzten Mitglieder der Vorboten finden«, sagte Etna. »Sie werden dir helfen und dich zu den Chroniken deines Volkes führen. Damit könnt ihr Helmut vernichten.«
»Wie soll ich die Gruppe finden? Sie werden ihr Vereinshaus ja sicher nicht mit den Buchstaben V H L gekennzeichnet haben?«
»Schön, dass du deinen Sinn für Humor nicht verloren hast«, sagte Etna. Sie fing an zu lachen und auch Hilmer stimmte mit ein. Dann drehte sich die Kröte um

und verschwand im Dunkel. Als sie kurz darauf wiederkam, hielt sie einen silbernen Schlüssel in den Pfoten und überreichte ihn Hilmer.
Der Lemming schaute sich das kostbare Stück genau an. Er war so lang wie eine Pfote und etwa daumendick. Der Griff war wie ein Dreizack geformt. Etna erklärte ihm, dass dies das Zeichen des alten Rates war. Jedes Mitglied der VHL trug ein Amulett, auf dem dieses Symbol abgebildet war. Das war ihr unverwechselbares Erkennungszeichen.
Hilmer bedankte sich noch einmal und verabschiedete sich dann von Etna.
»Ich hoffe, wir sehen uns wieder«, sagte die Kröte. »Du bist der erste Lemming, bei dem ich mir das wünsche. Meine Fliegen werden dich auf deinem weiteren Weg begleiten, auch wenn du sie nicht immer entdecken kannst.«

27

Mit gemischten Gefühlen ging Hilmer den dunklen Gang zurück ins Zentrum des Berges. Er hatte sich den Besuch bei Etna anders vorgestellt und musste über alles nachdenken, was er von der Kröte erfahren hatte. Es wunderte ihn nicht besonders, dass Helmut ein betrügerischer Drecksack war. Doch das komplette Ausmaß des Netzes an Intrigen und Lügen, dass er über sein Volk gesponnen hatte, erschreckte ihn zutiefst.
Es würde nicht leicht werden, die anderen Lemminge davon zu überzeugen, dass es kein gelobtes Land gab. Sein Volk glaubte bedingungslos an die heiligen Schriften des furchtlosen Wonibalts. Ihr ganzes Leben lang planten sie den Tag ihres Todes und freuten sich auf diesen – für sie so wichtigen – Moment. Erzählte

Hilmer ihnen jetzt, dass dies alles nicht stimmte, würden sie ihn für einen Lügner halten. Er brauchte die alten Chroniken als Beweis. Ohne diese Schriften konnte er unmöglich vor sein Volk treten, um sie mit der Wahrheit zu konfrontieren.

Trotz allem blickte Hilmer aber noch recht optimistisch in die Zukunft. Es musste einfach möglich sein, die Vorboten des heilbringenden Lemmings zu finden. Sicher gab es noch irgendwo Reste des Tempels des ehemaligen Rates. Diese wollte Hilmer suchen. Vielleicht hielten sich die VHL sogar in der Nähe der Ruinen auf und konnten ihm einen Hinweis auf das Versteck der Chroniken geben.

Hilmers größte Sorge galt im Moment allerdings Rosa. Wie sollte er die sextolle Ratte davon überzeugen, ihm den Schlüssel abzutreten? Konnte sie überhaupt ein Interesse daran haben, dass die Lemminge ihre Massenselbstmorde beendeten? Der Lemming war sich sicher, dass sich die Nager von seinen Artgenossen ernährten. Das verrückte Weibchen konnte keinen Vorteil davon haben, ihm zu helfen. Andererseits war es Rosa gewesen, die ihm bei der Suche nach Etna die entscheidenden Hinweise gegeben und ihm sogar zwei Begleiter zur Seite gestellt hatte. War ihr Wunsch nach den Verhütungskaubonbons groß genug, dass sie dafür ihr eigenes Volk in eine Hungersnot stürzen würde? Hilmer konnte sich das nicht vorstellen.

Je länger Hilmer über Rosa nachdachte, desto mehr festigte sich sein Entschluss, dass er zunächst mit Henni und Hörg sprechen musste. Gemeinsam konnte es ihnen vielleicht gelingen, das Weibchen auszutricksen. Wenn sie die Bonbons nicht bekam, würde die Nagerin ohnehin keine Ruhe geben. Seine neuen Freunde waren sicher nicht begeistert, würden aber einsehen müssen, dass ihnen nichts anderes übrig blieb, als Hilmer in das Labyrinth zu begleiten.

Als der Lemming die Gabelung erreichte, die in die Hauptstadt der Ratten führte, war sich Hilmer über sein weiteres Vorgehen im Klaren. Er würde sich einen Weg aus dem Berg heraus suchen und dabei die Ratten vermeiden. Erwischten ihn die Nager, würden sie ihn ganz sicher zu Rosa bringen. Darüber was ihn da erwartete, wollte er lieber nicht nachdenken.

Wie viel Zeit vergangen war, seitdem er sich an dieser Stelle von Bert und Gerd getrennt hatte, konnte Hilmer nicht genau sagen. Er schätzte aber, dass es mehrere Stunden gewesen waren. Die Beleuchtung der riesigen Halle hatte sich nicht geändert. Er beobachtete die Behausungen in seiner Nähe, konnte aber keine Ratte entdecken. In den Straßen war es ruhig. Sie wirkten wie ausgestorben. Hilmer wunderte sich. Wo waren die Ratten? Schliefen sie etwa? Oder waren sie ausgezogen, um die Lemmingkadaver von den Klippen zu holen?

Egal, wo sich die Nager aufhielten, die Stille machte Hilmer nervös. Natürlich vermisste er die haarigen Biester nicht. Wie sollte er sich aber vor ihnen verstecken, wenn er nicht wusste, wo sie waren? Der Lemming nahm all seinen Mut zusammen und lief an den Behausungen vorbei, bis er an die nächste Abzweigung gelangte, die ihn von der Stadt weg zu Rosas Heim führte.

Seine Befürchtung, dass ausgerechnet in diesem Moment eine Ratte vor seine Füße springen würde, erfüllte sich nicht. Den gefährlichsten Teil des Weges hatte er damit hinter sich. Zwar konnte ihm auch in diesem Gang jederzeit eine der Bestien entgegenkommen, aber die Wahrscheinlichkeit war nahe dem Zentrum sicher größer.

Hilmer wusste natürlich, dass es gefährlich war, sich an Rosa vorbei zu schleichen. Es war aber der einzige Weg, den er kannte. Wenn er den Trichter fand, in dem das große Feuer brannte, würde er auch wieder zu der Höhle gelangen, die in den Brunnen führte, durch den er in seine eigene Welt zurückkehren konnte. Mit etwas Glück war die Nagerin nicht da und es ergab sich eine Möglichkeit, nach dem Schlüssel zu suchen.

Eine weitere Gefahr, die der Lemming nicht unterschätzen durfte, ging von Turgi und Targi aus. Er konnte nicht erwarten, dass seine Vettern aufgegeben hatten. Sicher waren sie noch irgendwo hier unten und suchten ihn. Hilmer wollte sich auch nicht auf die Hoffnung verlassen, dass die Ratten seine Verfolger erwischt hatten.

Als Hilmer den Fuß des Trichters erreichte, den er bei seinem ersten Besuch noch für die Hauptstadt der Ratten gehalten hatte, spannte sich sein Körper vor Aufregung an. Um das Feuer herum lagen vier Ratten und genossen die Wärme. Sicher sollten sie aufpassen, dass die Flammen nicht verloschen. Für ihre Umgebung hatten sie keinen Blick. Hilmer suchte einen Weg nach oben zu dem Gang, der um den Kessel herumführte. Das Glück blieb ihm weiterhin treu und er fand die Steigung, ohne dass er von einem der Nager behelligt wurde.

Kurz bevor er Rosas Behausung erreichte, hörte Hilmer ein wollüstiges Stöhnen und schüttelte angewidert den Kopf. Die Ratte hatte also Besuch. Er wollte das Weibchen auf keinen Fall bei ihrem Treiben stören und den Ort so schnell wie möglich passieren, um dann zum Ausgang aus dem Labyrinth zu gelangen. Aber es kam alles anders, als es sich der Lemming vorgestellt hatte. Als er die Stimmen hinter sich vernahm, wusste er, dass er das Höhlenlabyrinth nicht so schnell verlassen würde.

28

»Hey, Hilmer! Was schleichst du hier so rum?«, fragte Bert und schlug dem Lemming grinsend auf die Schulter.

»Unsere Mutter wird sich freuen, dich zu sehen«, ergänzte Gerd. »Sie hat nicht damit gerechnet, dass du lebend von Etna zurückkehren würdest.«

»Im Moment will sie sicher nicht gestört werden.«

»Die sind bestimmt gleich fertig«, entgegnete Gerd zum Entsetzen des Lemmings. »Du willst doch sicher nicht gehen, ohne dich vorher von Rosa zu verabschieden.«

»Ich komme ja wieder, sobald ich die Bonbons geholt habe«, sagte Hilmer in der Hoffnung, dass in die beiden Ratten laufen ließen. Bert und Gerd taten ihm diesen Gefallen aber nicht. Als es in der Behausung ruhig wurde, nahmen sie ihn in die Mitte und führten ihn auf den Eingang von Rosas Liebesnest zu. Bevor sie dieses aber betreten konnten, kam das Weibchen heraus. Als Hilmer den verschwitzten Körper sah, drehte er den Kopf weg und kämpfte mit aller Macht dagegen an, sich übergeben zu müssen.

»Ihr Lemminge seid wirklich keine guten Liebhaber«, sagte Rosa, als Hilmer wieder in ihre Richtung schaute.

»Was willst du damit sagen?«

»Ich meine, dass deine beiden Freunde noch weniger drauf haben als ein altersschwaches Rattenmännchen.«

»Welche Freunde?« Hilmer hatte erwartet, dass Rosa von einem Artgenossen begattet wurde. Offensichtlich schienen es aber zwei Vertreter seines eigenen Volkes zu sein, die sich hinter der Tür in Rosas Nest aufhielten. Nur welche?

»Geh rein und schau selbst.«

Hilmer zögerte einen Moment lang, der Aufforderung der Ratte nachzukommen. Dann siegte die Neugierde. Außerdem war es eine gute Gelegenheit im Innern des Baus nach einem Hinweis auf den Schlüssel zu schauen. Als er seine beiden Vettern auf Rosas Lager sah, wusste er nicht ob er lachen oder weinen sollte.

»Was macht ihr Vollidioten hier?«

»Wonach sieht es denn aus?«, entgegnete Turgi mürrisch.

Ein Blick in sein Gesicht reichte Hilmer aus, um zu erkennen, dass er Rosas Behandlung alles andere als genossen hatte. Targi lag apathisch auf dem Boden und sagte gar nichts.

»Kennst du die zwei?«, fragte Rosa und legte ihren Arm um Hilmers Schulter. Der traute sich nicht, ihn dort wieder wegzunehmen, und schluckte seinen Ekel herunter.

»Es sind meine Vettern.«

»Die mit den Kaubonbons?«

»Nein, Rosa.« Hilmer schüttelte den Kopf und drehte sich so, dass er das Weibchen anschauen konnte. »Diese beiden hier versuchen mich umzubringen, seitdem ich mich geweigert habe, vom Todesfelsen zu springen. Du kannst sie gerne bei dir behalten. Dann habe ich wenigstens meine Ruhe vor ihnen.«

»Wie kannst du so etwas sagen?«, schrie Turgi entrüstet. »Wir sind immer deine Freunde gewesen. Du kannst uns doch nicht in den Fängen dieses Untiers lassen.«

»Und ob ich das kann«, entgegnete Hilmer lachend. »Glaub nur nicht, dass ich noch einmal auf deine

Unschuldsbeteuerungen hereinfalle. Ich werde euch nicht helfen.«

»Wie kommt es, dass du noch lebst?«, wollte Rosa wissen. »Hast du Etna nicht getroffen?«

»Doch, das habe ich. Anfangs hatte ich furchtbare Angst um mein Leben und hätte am liebsten sofort kehrtgemacht, als mich die Kröte ansprach. Dann haben wir aber eine sehr interessante Unterhaltung geführt, die meine Erwartungen bei Weitem übertroffen hat.«

»Ich muss sagen, du steckst voller Überraschungen«, meinte Rosa anerkennend. »Ich war überzeugt, dich niemals wieder zu sehen. Du musst richtig Eindruck auf Etna gemacht haben, dass sie dich laufen ließ.«

»Sie hat sich meine Geschichte angehört und mir geglaubt. Schließlich willigte sie ein, mir zu helfen. Jetzt bin ich wieder hier.«

»Gehe ich richtig in der Annahme, dass du nicht zu mir gekommen bist, um die Nacht mit mir zu verbringen?«

»Ja.«

»Das ist zwar schade, wundert mich aber nicht. Da muss ich mich eben zunächst weiter mit der Gesellschaft deiner beiden Vettern begnügen. Wenn die schlapp machen, hole ich mir die anderen zwei.«

»Wen meinst du?«

»Ihr drei seid nicht die einzigen Lemminge, die heute den Weg zu uns Ratten gefunden haben«, beantwortete Rosa Hilmers Frage. »Zwischen hier und der Hauptstadt hocken zwei weitere deiner Gattung und warten darauf, mir vorgeführt zu werden. Im Gegensatz zu deinen Vettern sind diese aber sehr vorlaut und scheinen nicht so leicht klein beizugeben.«

Hilmer wunderte sich über diese Neuigkeiten und dachte angestrengt nach, was sie zu bedeuten haben

konnten. Dann fiel es ihm wie Schuppen von den Augen. Es kamen eigentlich nur zwei Lemminge dafür in Frage, die außer Turgi, Targi und ihm selbst freiwillig in das Höhlenlabyrinth gekommen sein konnten: Henni und Hörg.
»Ich glaube, ich weiß, wer die anderen beiden sind«, sagte Hilmer.
»Deine Freunde?«
»Ja, Rosa. Es sind die Erfinder der Kaubonbons, von denen ich dir erzählt habe. Wenn du sie freilässt, werden wir dir das Verhütungsmittel bringen.«
»Ich beginne dir zu vertrauen, warne dich aber erneut davor, mich zu hintergehen. Es würde dir und deinen Freunden nicht bekommen.«
»Ich weiß«, antworte Hilmer, hielt dem Blick der Nagerin aber stand.
»Warum bleibt ihr nicht einfach hier bei uns Ratten?«, fragte Rosa nach einer Weile.
Hilmer sah das Weibchen entsetzt an. Das konnte sie unmöglich ernst meinen. Er überlegte, wie viel der Wahrheit er ihr anvertrauen durfte. Konnte er sie nach dem Schlüssel fragen, ohne dass sie misstrauisch wurde und ihn vielleicht doch noch einsperrte? Er hatte wenig in der Pfote. Rosa würde von den Kaubonbons begeistert sein. Noch hatte er sie aber nicht.
»Ich werde Helmut das Handwerk legen und mein Volk davon überzeugen, dass die Massenselbstmorde Schwachsinn sind.« Hilmer hatte sich entschlossen der Ratte einen Teil der Wahrheit zu sagen. Er wusste nicht, wie gut sie über die Vorgänge außerhalb des Berges informiert war, vermutete aber, dass sie – genau wie Etna – die wichtigsten Neuigkeiten zugetragen bekam. Er konnte es sich nicht leisten, sich das Weibchen zum Feind zu machen. Dazu war der Einfluss zu groß, den sie unter den Ratten hatte.

»Etna hat dir also erzählt, dass es kein gelobtes Land gibt«, stellte Rosa grinsend fest.

»Dann weißt du also Bescheid?«

»Natürlich. Sicher wirst du mich gleich nach dem geheimnisvollen Schlüssel fragen, der angeblich die Pforte zu den wahren Chroniken deines Volkes öffnen soll.«

»Würdest du ihn mir geben?«

»Vielleicht«, sagte Rosa ausweichend. »Ich muss mir die Sache gut überlegen. Ihr Lemminge seid so mit eurem eigenen Tod beschäftigt, dass mein Volk seine Ruhe hat. Wir sind nicht unbedingt an Veränderungen interessiert.«

»Stimmt es, dass ihr unsere Toten von den Klippen holt?«

»Ja. Das ist aber eine Arbeit, auf die wir gerne verzichten würden.«

»Dann esst ihr sie nicht auf?«

»Selbstverständlich nicht«, erwiderte Rosa und spuckte aus. »Wir sind doch keine Aasfresser. Wie kommst du darauf?«

»In meinem Volk erzählt man sich das.«

»Das ist eine der vielen Lügen, mit denen Helmut euch die Augen zuschmiert. Wir verbrennen die Kadaver. Würden wir sie auf den Klippen liegen lassen, würden die Seuchen, die dadurch entstehen könnten, auch unser Volk bedrohen. Du bist an der Feuerstelle vorbeigekommen.«

»Dann wäre es für euch kein Nachteil, wenn die Lemminge nicht mehr vom Todesfelsen springen würden?«

»Das ist richtig.«

»Dann kannst du mir den Schlüssel ja geben.«

»Du bist ein raffiniertes kleines Aas«, lachte Rosa und klopfte Hilmer auf die Schulter. »Aber du hast recht. Ich brauche den Schlüssel tatsächlich nicht. Es muss aber etwas dabei für mich herausspringen, wenn ich ihn dir gebe.«

»Du bekommst die Kaubonbons.«

»Die werden langsam richtig teuer. Du hast mir das Verhütungsmittel bereits für deine Freiheit versprochen. Jetzt soll ich auch deine Freunde laufen lassen und dir obendrein noch meinen kleinen Schatz geben. Findest du nicht auch, dass du etwas zu viel verlangst?«

»Viel mehr habe ich nicht«, sagte Hilmer und schaute betreten zu Boden. Er fragte sich, wie viel die durchtriebene Ratte wirklich wusste. Kannte sie die VHL? Wusste sie am Ende vielleicht sogar, wo der Rat der vier Weisen die Schriften versteckt hatte? Oder war das, was für ihn so wichtig war, für Rosa nur ein wertloser Gegenstand? »Was müsste ich tun, damit du mir den Schlüssel gibst?«

»Das werde ich mir noch überlegen. Wenn es dir wirklich gelingt, den König zu stürzen, werden sich die Machtverhältnisse in deinem Volk verändern. Kannst du mir garantieren, dass sich dies für mein Volk zu keinem Nachteil entwickelt?«

»Das kann ich nicht. Ich verspreche dir aber, dass ich mein Bestes tun werde, eine Lösung zu finden, die uns auch weiterhin ein friedliches Leben nebeneinander ermöglicht.«

»Deine Antwort ist ehrlich. Deswegen werde ich dir deinen Wunsch nicht abschlagen. Du bekommst den Schlüssel. Aber nur im Tausch gegen die Kaubonbons. Nicht vorher. Ich möchte außerdem eine Garantie, dass ich bis an mein Lebensende ohne weitere Gegenleistung mit den Dingern versorgt werde.«

»Das kann ich dir versprechen.«

»Dann hol deine Freunde und mach dich auf den Weg. Ich wünsche dir viel Erfolg. Bert und Gerd werden euch zum Ausgang des Berges bringen. Deine Vettern behalte ich noch ein bisschen bei mir, damit sie dich nicht stören. Ich denke, das ist in deinem Sinn.«

»Das ist es«, antwortete Hilmer. »Ich danke dir.«

29

»Der Kerl kann sich ja wohl nicht einfach in Luft aufgelöst haben«, schimpfte Helmut und schritt im Audienzzimmer auf und ab. »Seitdem er aus unserem Kerker ausgebrochen ist, hat ihn niemand mehr gesehen.«

»Sei doch froh, dass du den Spinner los bist«, erwiderte Dieter. Der Hamster lag sichtlich gelangweilt neben dem Thron. Offenbar erschien ihm die ganze Aufregung um einen einzigen Lemming übertrieben.

»Ich will einfach vermeiden, dass sich andere ein Beispiel an Hilmers Verhalten nehmen. Ich verliere die Autorität bei meinem Volk, wenn einer nach dem anderen lebend vom Todesfelsen zurückkehrt.«

»Du siehst das zu schwarz«, versuchte Dieter seinen König zu beruhigen, doch der schüttelte den Kopf.

»Nein. Wir müssen die böse Saat, die der Kerl in die Köpfe der anderen Lemminge ausgestreut hat, ausmerzen. Dazu müssen wir ihn aber finden. Er darf nicht überleben.«

»Mach dir keine Sorgen«, sagte Dieter. »Der Galgen ist so gut wie fertig. Alle werden sehen, was passiert, wenn man sich gegen die heiligen Schriften stellt. Hilmer kann nicht gewinnen.«

»Dir ist aber schon klar, dass wir ihn fangen müssen, bevor wir ihn aufhängen können?«, erwiderte Helmut mürrisch.

»Das ist nur eine Frage der Zeit«, sagte der Hamster. »Immerhin sind insgesamt fünf Lemminge hinter ihm her. Sie werden ihn schnappen.«

»Es sind nur vier«, widersprach Helmut.

»Wieso das?«

»Ich habe heute Morgen die Nachricht bekommen, dass man Torgi tot in seiner Behausung gefunden hat. Von seinen Brüdern fehlt jede Spur.«

»Sie werden alles daransetzen, ihren Vetter zu erwischen«, vermutete Dieter. »Spätestens, seitdem sie ihren Bruder verloren haben, hassen sie den Kerl ganz sicher bis aufs Blut.«

»Das allein reicht aber nicht. Die beiden sind nicht die Hellsten. Hilmer ist zwar ebenfalls ein Idiot, ich traue es ihm aber durchaus zu, mit seinen Vettern fertig zu werden.«

»Was ist mit Henni und Hörg?«

»Die sind unberechenbar«, antwortete der König. »Ich würde meine Pfote nicht dafür ins Feuer legen, dass sie wirklich auf unserer Seite stehen. Auch wenn ihre Erfindungen nicht immer funktionieren, die beiden sind alles andere als dumm.«

»Sie wollen ihr Labor zurück. Also haben sie einen Grund, uns den Flüchtling auszuliefern.«

»Das hoffe ich auch. Verlassen können wir uns darauf aber nicht.«

»Was sollen wir sonst tun? Willst du die Wachen hinter dem Kerl herschicken?«

»Nein. Wir wissen nicht, wo wir suchen sollen. Es macht keinen Sinn, noch mehr Lemminge dafür einzusetzen.«

»Vielleicht ist Hilmer in das Höhlensystem im Schicksalsberg eingedrungen und versucht an die heiligen Schriften zu gelangen?«

»Nein, Dieter. Das ist Unsinn. Niemand weiß, dass die Kröte auf die Bücher aufpasst.«

»Und wenn doch? Irgendwo müssen die fünf Lemminge ja sein. Im Schicksalsberg kann Hilmer sich eine ganze Zeit lang versteckt halten. Vielleicht ist es besser, die Schriften zu holen.«

»Du willst doch nur selbst einen Blick in Wonibalts Vermächtnis werfen.«

»Das ist nicht fair. Ich wollte dir nur helfen.«

Dem König fiel es nicht schwer, Dieters wahre Absichten zu durchschauen. Außer dem Hamster hatte er niemanden erzählt, wo das vermeintliche Versteck der Bücher war. Es konnte also keiner auf die Idee kommen, freiwillig zu Etna zu gehen. Jeder Lemming hatte eine wahnsinnige Angst vor der Kröte. Hinzu kam, dass es in den Höhlen von Ratten nur so wimmelte. Nein. Dort konnte Hilmer nicht sein. Und wenn er doch dumm genug gewesen war, diesen Weg zu wählen, war er vermutlich schon tot.

»Der Verräter muss ein anderes Versteck gefunden haben.«

»Aber wo? Wenn er bei seinem Weibchen, oder sonst irgendwo in der Stadt untergekrochen wäre, wüssten wir das inzwischen.«

Helmut musste seinem Berater recht geben. Wenn der Flüchtling in der Nähe war, hätten ihn seine Fliegen längst über seinen Aufenthaltsort in Kenntnis gesetzt. Von diesen Informanten wusste aber selbst der Hamster nichts. Dieter war bei Weitem nicht in alle Geheimnisse eingeweiht, die in den Mauern des Palastes verborgen waren. Der König schätzte ihn wegen anderer Fähigkeiten. Nicht wegen seiner Leistung als Berater.

»Vielleicht hat Hilmer die Gegend verlassen«, gab der Hamster zu Bedenken. »Was hält ihn noch hier?«

»Das wäre eine Möglichkeit. Dennoch glaube ich nicht daran.«

»Das würde aber zumindest erklären, warum auch seine Verfolger verschwunden sind«, sagte Dieter.
»Bei Turgi und Targi mag das zutreffen. Henni und Hörg wären ihm aber sicherlich nicht gefolgt. Woher hätten sie auch wissen sollen, in welche Richtung Hilmer gegangen ist. Wenn der die Gegend wirklich verlassen hätte, wären sie längst wieder im Palast aufgetaucht und hätten darum gebettelt, wieder als Erfinder beschäftigt zu werden.«
»Vielleicht sind die beiden ebenfalls geflohen.«
»Jetzt geht aber wirklich die Phantasie mit dir durch«, lachte Helmut und schüttelte den Kopf. »Glaub mir. Henni und Hörg würden niemals einfach so verschwinden. Nicht, ohne vorher ihr Labor auszuräumen. An den Wachen werden sie allerdings nicht vorbeikommen.«
»Aber wo sind sie dann alle hin? Es bleiben ja nur noch die Höhlen im Schicksalsberg übrig.«
»Wenn du dir so sicher bist, dass dies der richtige Weg ist, warum gehst du dann nicht selbst zu Etna und fragst sie, ob sie Besuch bekommen hat?«
»Wieso ich?«
»Du wolltest doch unbedingt einen Blick in die heiligen Schriften des furchtlosen Wonibalts werfen. Geh zu der Kröte und frag sie danach.« Helmut wusste, dass sein Berater niemals auf diesen Vorschlag eingehen würde. Damit war sein Geheimnis sicher. Vor Dieter und auch vor den Lemmingen. Dennoch war es natürlich möglich, dass sich Hilmer tatsächlich bei den Nagern verkrochen hatte. Der König beschloss seine kleinen, fliegenden Informanten in die Rattenwelt zu schicken, um nach ihm zu suchen. In der Zwischenzeit wollte er sich von Dieter auf andere Gedanken bringen lassen.

30

»Haben sie dich jetzt also auch erwischt?«, rief Hörg entsetzt, als er Hilmer zwischen Bert und Gerd auf das Verlies zukommen sah.

»Keine Angst. Ich komme, um euch zu befreien.«

»Was ist mit den beiden Ratten?«, fragte Hörg misstrauisch.

»Nichts. Sie werden uns den Weg hier aus dem Berg heraus zeigen. Allein würden wir uns in dem Labyrinth aus Höhlen und Spalten verlaufen.«

»Sie helfen uns?«

Hilmer grinste Hörg an und nickte. »Auch wenn es dir schwerfallen wird, das zu glauben. Bert und Gerd stehen auf unserer Seite. Zumindest für den Augenblick. Ich habe einen Deal mit Rosa. Es gibt nicht viele Wesen hier unten, die es wagen würden ihr zu widersprechen. Stimmt`s Jungs?«

»Absolut«, pflichtete Bert dem Lemming bei.

»Was unsere Mutter sagt, ist Gesetz«, ergänzte Gerd.

»Da seht ihr es«, sagte Hilmer noch immer grinsend. »Es ist alles in Ordnung.«

»Wenn das so ist, lass uns endlich hier raus«, forderte Henni.

Bert zog den Riegel beiseite, öffnete die Tür und trat zwei Schritte zurück. Die beiden Gefangenen zögerten noch einen kurzen Moment, beeilten sich dann aber, ihre Zelle zu verlassen. »Was macht ihr überhaupt hier unten?«, fragte Hilmer, als seine Freunde endlich neben ihm standen.

»Wir wollten dich befreien, falls du in Gefahr gerätst«, sagte Hörg.

»Das hat ja prima funktioniert«, lachte Bert.

Hörg schaute die Ratte böse an und wandte sich dann wieder an seinen Freund. »Mein naiver Bruder hier ist schuld. Er ist auf die Schauspielerei deiner Vettern hereingefallen. Die saßen vor uns in der Zelle.«

»Er wird mir das ewig vorhalten«, knurrte Henni und wechselte dann schnell das Thema. »Hast du Etna gefunden?«

»Ja. Ich habe mich lange mit ihr unterhalten. Unsere Vermutung, dass Helmut ein Lügner ist, hat sich in einem Ausmaß bestätigt, das ich niemals für möglich gehalten hätte. Wir müssen seine Herrschaft beenden.«

»Was sagt die Kröte denn? Hast du die heiligen Schriften des furchtlosen Wonibalts bekommen?« Neugierig trat Henni von einem Fuß auf den anderen.

»Die sind für uns nicht mehr wichtig. Dafür suchen wir jetzt nach den wahren Chroniken unseres Volkes.«

»Wie bitte?«, fragte Hörg verwirrt.

»Ich erkläre euch das später genauer. Jetzt sollten wir sehen, dass wir aus dem Berg herauskommen.«

»Was ist mit Turgi und Targi?«, wollte Henni wissen.

»Die bleiben bei Rosa. Sie stellen keine Gefahr mehr da.«

Angeführt von Bert machte sich die kleine Gruppe auf den Weg durch das Höhlensystem im Schicksalsberg. Gerd bildete den Schluss und stellte so sicher, dass keiner der Lemminge verloren ging. Solange die beiden Ratten bei ihnen waren, würde kein anderes Mitglied ihres Stammes auf die Idee kommen, die drei Lemminge anzugreifen.

Als sie zu der riesigen Feuerstelle kamen, stockte Hilmer der Atem. Er hatte diese Stelle nun schon ein paar Mal passiert, sah jetzt aber zum ersten Mal, wie die Nager seine toten Artgenossen zur Mitte des Platzes schleppten und sie in die Flammen warfen. Auch Henni und Hörg waren sichtlich entsetzt.

»Es ist furchtbar, dies mit ansehen zu müssen«, sagte Hörg und schüttelte den Kopf.

»Ich bin schon froh, dass die Ratten unsere Toten nicht auffressen«, sagte Hilmer.

»Tun sie das nicht?«, fragte Henni überrascht.

»Wo denkst du hin?«, entrüstete sich Bert. »Ihr fangt bereits wenige Sekunden nach eurem Tod an zu stinken. Glaubst du wirklich, wir würden keine bessere Nahrung finden, als die Kadaver langsam verwesender Lemminge?«

»Ich dachte immer, dass ihr zumindest einen Teil der Leichen verspeist«, antwortete Henni.

»Das ist ganz großer Blödsinn«, erklärte Gerd. »Wenn du willst, kann ich dir ja ein gebratenes Beinchen holen. Du wirst schnell merken, dass Lemmingfleisch widerlich schmeckt.«

»Nein, danke«, sagte Henni und verzog das Gesicht. »Mach dir keine Mühe.«

Auf dem weiteren Weg sprachen die fünf kein Wort. Während die Ratten ob des Vorwurfs, sie würden die stinkenden Kadaver fressen, offensichtlich beleidigt waren, kämpften die Lemminge gegen den Brechreiz an, den der Gestank ihrer verbrennenden Artgenossen verursachte. So atmeten sie aus den unterschiedlichsten Gründen alle erleichtert auf, als sie einer der Gänge endlich ins Freie führte.

»Wir werden hier auf dich warten«, sagte Bert und reichte Hilmer zum Abschied die Pfote.

»Du willst noch einmal in den Berg?«, fragte Henni überrascht.

»Lasst uns später darüber reden. Ich erzähle euch die Geschichte von Anfang an. Das ist besser.«

»Da scheint noch einiges auf uns zuzukommen«, vermutete Hörg.

Nach kurzem Zögern verabschiedete er sich ebenfalls von den beiden Ratten und auch Henni folgte seinem Beispiel.

Bert und Gerd blieben am Eingang der Höhle zurück und sahen den Lemmingen hinterher.

»Ich brauche jetzt erst einmal ein kaltes Bier«, sagte Hilmer. »Dann könnt ihr euch auf eine Geschichte gefasst machen, die ihr nur schwer werdet glauben können. Ich schwöre aber bei meinem Leben, dass alles, was ich euch berichten werde, den Tatsachen entspricht.«

31

»Du glaubst ja wohl nicht im Ernst, dass du der heilbringende Lemming bist?«, sagte Hörg und brach in schallendes Gelächter aus.

Auch Henni konnte sich ein Grinsen nicht verkneifen und schüttelte den Kopf. »Selbst wenn alles stimmt, was dir Etna erzählt hat, bedeutet dies nicht, dass diese Vorboten auf *dich* warten. Wenn es sie überhaupt gibt.«

»Warum seid ihr euch da so sicher?«, sagte Hilmer beleidigt. So abwegig wie seine Freunde fand er den Gedanken nicht, dass er derjenige war, der dem Volk der Lemminge seine wahren Lehren zurückbringen konnte. Immerhin hatte er bereits einiges in Erfahrung gebracht und kannte einen Weg, wie er den König vom Thron stürzen konnte.

Die drei Freunde hatten es sich unter einem Felsvorsprung des Schicksalsberges bequem gemacht und genossen ihr wohlverdientes Nachmittagsbier. Hörg hatte dies in der festen Überzeugung geholt, dass sie sich nach den Abenteuern im Schicksalsberg einen kühlen Schluck verdient hätten. Auch wenn Henni, der ansonsten beileibe kein Kostverächter war, nicht zu den größten

Biertrinkern zählte, erfreute auch er sich an dem erfrischenden Kaltgetränk.

Nachdem Henni und Hörg erzählt hatten, wie sie in die Gefängniszelle der Ratten gekommen waren, berichtete Hilmer von seinen Erlebnissen. Es dämmerte fast, als er endlich fertig war. Da es eine warme Sommernacht war, hatte keiner der drei ein Problem damit, sie im Freien zu verbringen. Es gab keinen Platz, wohin sie gehen konnten, und hier würde sie keiner suchen.

»Nun mal im Ernst Hilmer«, startete Henni einen Erklärungsversuch. »Wenn es diese VHL wirklich gibt, warten die seit zwanzig Jahren darauf, dass ihnen der neue Heiland erscheint. Generationen von ihnen sind bereits über den Todesfelsen gesprungen. Ihre Ideale wurden vermutlich mündlich überliefert. Meinst du wirklich, sie wissen überhaupt noch, auf was sie warten?«

»Das spielt gar keine Rolle«, sagte Hilmer. »Alles was wir finden müssen, ist der Weg zu den Chroniken, die der Rat der vier Weisen hinterlassen hat. Mit diesen Büchern werden wir Helmut zur Strecke bringen.«

»Und was machen wir, wenn uns die anderen Lemminge nicht glauben?«

»Wenn sie die Schriften sehen, werden sie erkennen, dass der König ein Betrüger ist«, beantwortete Hilmer Hörgs Frage. »Was ist los mit euch beiden? Warum seid ihr auf einmal dagegen, dem Mistkerl und seinem fetten Hamster endlich das Handwerk zu legen?«

»Das sind wir ja gar nicht«, sagte Henni. »Hörg meint doch nur, dass wir vorsichtig sein müssen. Du weißt doch selbst, wie verblendet unsere Artgenossen sind.«

»Das schon. Aber wir sollten es zumindest versuchen.«

»Was wir ja auch werden«, stimmte Henni Hilmer zu.
»Was machen wir als Nächstes?«
»Wir müssen Rosas Schlüssel bekommen. Damit haben wir schon zwei und machen uns auf die Suche nach den VHL. Wenn wir die Schriften haben, versuchen wir das Volk zu mobilisieren und stürzen den König.«
»Wie willst du das machen?«, fragte Hörg. »Wir können uns schlecht auf den Schicksalsberg stellen und versuchen die Lemminge aufzuhalten, die vom Todesfelsen springen wollen. Die überrennen uns oder schleifen uns einfach mit sich.«
»Ich weiß selbst noch nicht genau, wie wir das machen sollen. Uns wird schon etwas einfallen.«
Hilmer wunderte sich darüber, dass seine Freunde seinem Plan nicht zustimmten. Er hatte die beiden als sehr aktive Lemminge erlebt, die sich nicht so leicht die Butter vom Brot nehmen ließen. Jetzt sah es so aus, als wollten sie kneifen. Das passte nicht zu den sonst so forschen Erfindern.
»Ich verstehe euer Zögern nicht«, sagte Hilmer. »Ihr wart es doch, die mir überhaupt erst erzählt haben, dass ich zu Etna gehen soll. Jetzt brauchen wir nur eure Bonbons zu holen und Rosa wird uns den Schlüssel geben.«
»Genau da liegt das Problem«, sagte Henni und schaute betreten zu Boden.
»Wieso?«
»Wir können die Bonbons nicht holen«, antwortete Hörg. »Sie befinden sich in unserem Labor. Davor hat Helmut aber zwei Wachen postiert und lässt uns erst wieder rein, wenn wir seinen Auftrag erfüllt haben.«
»Was sollt ihr machen?«
»Dich finden und in den Palast bringen.«

»Seid ihr wahnsinnig?«, schrie Hilmer. Er sprang auf und baute sich drohend vor Hörg auf. »Du wirst mich nicht zurück in die Zelle bringen.«

»Jetzt beruhig dich wieder«, antwortete Henni. »Wir wollen dich dem König nicht ausliefern. Wir haben eben nur keine Möglichkeit, an die Bonbons zu kommen.«

»Dann wird Rosa außer sich sein und uns ihre Söhne auf den Hals hetzen. Den Schlüssel wird sie uns auf keinen Fall geben.«

»Wir könnten nur so tun, als würden wir dich Helmut übergeben«, schlug Hörg vor.

»Wie soll das denn gehen?«

»Ganz einfach, Hilmer. Du lässt dich einsperren, wartest bis der Wächter weg ist und spazierst wieder aus der Zelle heraus.«

»Wenn die inzwischen das Schloss repariert haben, sitze ich in der Falle.«

»Dann befreien wir dich eben«, sagte Henni. »Ich finde Hörgs Vorschlag gar nicht so schlecht. Anders kommen wir an die Bonbons nicht heran und ohne die bekommen wir den Schlüssel nicht. Wir haben keine andere Wahl.«

»Dann lasst uns gleich morgen früh zu Helmut gehen. Morgens ist er meistens noch gut gelaunt.«

»Nein, Hörg«, entgegnete Hilmer. »Bevor ich mich freiwillig in die Gewalt des Königs begebe, will ich sicher sein, dass uns die Schlüssel etwas bringen. Wir müssen die VHL finden. Wenn es die Chroniken wirklich gibt und wir wissen, wie wir an die Bücher gelangen können, dann machen wir es so, wie du es vorgeschlagen hast. Aber nicht vorher.«

»Und wie willst du die Vorboten finden?«, sprach Hörg die Frage aus, die sich alle stellten.

»Wir gehen zur Touristeninformation.«

»Du solltest lieber kein Bier mehr trinken«, schlug Henni vor und zeigte Hilmer den Käfer.
»Ich meine es ernst.«
»Der Kerl, der dort arbeitet, weiß nichts«, sagte Henni und tippte sich erneut an die Stirn. »Da nie ein Tourist kommt, ist das auch völlig wurscht. Alle Lemminge kommen nur wegen dem Schicksalsberg hierher. Das weißt du doch.«
»Das ist ja alles richtig«, gab Hilmer zu. »Wenn wir aber annehmen, dass die VHL sich in der Nähe der Tempelruine aufhalten, müssen wir diesen Platz finden.«
»Ich glaube zwar nicht, dass der Trottel von der Info etwas über die alten Gemäuer weiß, aber wir können ihn ja mal fragen.« Hörg setzte die Bierflasche an seinen Mund und trank sie in einem Zug aus. »Vor morgen früh können wir aber sowieso nichts mehr machen. Also lasst uns jetzt schlafen.«

32

»Sagt mal, wovon redet ihr eigentlich?«, sagte der Bedienstete der Touristeninformation am nächsten Morgen, nachdem die drei Freunde ihm ihr Anliegen vorgetragen hatten.
»Wir wollen von dir wissen, welche Sehenswürdigkeiten für Touristen es hier außer dem Schicksalsberg gibt«, unternahm Hilmer einen weiteren Versuch.
»So etwas hat mich noch nie jemand gefragt.«
»Aber es ist doch dein Job, dass du Reisende über diese Dinge informierst«, sagte Henni.
»Wer sagt das?«

»Das Schild außen an der Tür«, antwortete Hilmer ärgerlich, der kurz davorstand, die Geduld zu verlieren.

»Ich weiß nichts von irgendwelchen Ruinen eines Tempels. Wer auch immer euch diesen Unsinn erzählt hat, erlaubt sich einen Scherz mit euch.«

»Ich kann dir versichern, dass unsere Quelle verlässlich ist«, sagte Hilmer mit gepresster Stimme. »Willst du nicht wenigstens einmal nachsehen, ob du in deinen Unterlagen einen Hinweis finden kannst?«

»Sag mal, hörst du mir nicht zu?« Jetzt wurde auch der Angestellte der Information ärgerlich. »Wie oft soll ich dir noch sagen, dass ich euch nicht helfen kann? Versucht es meinetwegen in der Stadtbibliothek, wenn ihr mir nicht glauben wollt, dass es keine Ruinen gibt, und lasst mich in Ruhe.«

»Es ist unfassbar, dass Helmut so einen Dilettanten beschäftigt«, sagte Hörg. »Warum sitzt du hier eigentlich? Den Schicksalsberg finden die Besucher auch ohne deine Hilfe.«

»Allmählich fangt ihr drei Witzfiguren an, mir auf die Nerven zu gehen. Ich muss mich vor euch doch nicht rechtfertigen. Wenn ihr nicht bald verschwindet, werde ich euch die Wachen auf den Hals hetzen.«

»Wie willst du die hier herrufen?«, fragte Hörg verächtlich und stellte sich drohend vor den Lemming.

»Ihr wollt euch doch nicht an einem Bediensteten des Königs vergreifen. Wo kommt ihr überhaupt her?«

»Das werden wir dir nicht auf die Nase binden«, sagte Hilmer verärgert und ging ins Freie.

»Das war ja wohl ein Schuss in den Ofen«, motzte Hörg, nachdem er die Touristeninformation ebenfalls verlassen hatte.

»Das hätten wir uns sparen können«, pflichtete Henni seinem Bruder bei. »In die Bibliothek brauchen wir gar

nicht erst zu gehen. Dort ist die Gefahr, dass dich einer der Wachen erkennt, noch größer als hier.«
»Ich war vor einigen Wochen einmal dort«, sagte Hilmer. »Die haben keine alten Bücher. Dort gibt es nur Unterhaltungsliteratur. Sicher hat Helmut alles vernichten lassen, was ihm hätte gefährlich werden können. Wir müssen uns etwas anderes überlegen.«
»Aber was? Wir können ja nicht planlos im Gebirge herumrennen.« Henni sah seine beiden Freunde ratlos an.
»Warum nicht?«, entgegnete Hörg. »So wahnsinnig weit wird der Tempel nicht von der Stadt entfernt gewesen sein. Wenn wir einen großen Kreis gehen, finden wir vielleicht einen Hinweis.«
»Weißt du, wie weit das ist?«, fragte Henni entsetzt.
»Hörg hat recht«, sagte Hilmer. »Wir haben nicht viele Möglichkeiten. Wenn wir hier herumstehen, kommen wir auch nicht weiter. Lasst es uns einfach einmal versuchen.«

Es dauerte nicht lange, bis die drei Lemminge ihren Entschluss bereuten, die Stadt in einem großen Bogen zu umrunden. Beginnend am Schicksalsberg waren sie im Uhrzeigersinn losgelaufen. Die Sonne knallte gnadenlos auf die Wanderer herunter, die nichts tun konnten, um sich vor der Hitze zu schützen.
»Wir hätten nicht um die Mittagszeit losgehen dürfen«, maulte Henni, dem es am schwersten fiel, die ungewohnt weite Strecke zurückzulegen.
»Wir hätten einfach nur etwas zu trinken mitnehmen sollen«, widersprach Hilmer. »Wir haben bereits die Hälfte der Strecke geschafft und dürfen jetzt nicht aufgeben.«
»Der ganze Marsch war eine blöde Idee. Was sollen wir denn hier finden?«

»Stell dich nicht so an«, wies Hörg seinen Bruder zurecht. »Ein kleiner Spaziergang wird dich schon nicht umbringen.«

Henni sagte nichts mehr, atmete aber mit Absicht schwerer und ließ sich leicht zurückfallen. So mussten Hilmer und Hörg immer wieder stehen bleiben, um auf ihn zu warten.

»Es ist wirklich unglaublich«, schimpfte Hilmer. »Fast könnte man meinen, dass du die VHL nicht finden willst.«

»Mach mal halblang. Nur, weil du dein zweites Leben feierst, müssen nicht alle in der Gegend rumrennen. So eilig haben wir es auch wieder nicht.«

»Zick nicht rum und beweg dich«, sagte Hörg. »Wir haben es ja bald geschafft. Hinter der Kuppe da vorn, werden wir den Schicksalsberg sehen können. Dann ist es nicht mehr weit.«

»Was, wenn wir bis dahin nichts finden?«, wollte Henni wissen. »Wollt ihr mir sagen, dass wir dann einen größeren Bogen schlagen müssen?«

»Das entscheiden wir, wenn es so weit ist«, antwortete Hilmer, der die Antwort auf diese Frage selbst nicht wusste. Er kannte sich in der Umgebung der Stadt genauso wenig aus wie die beiden Erfinder und so ziemlich alle anderen Lemminge, die hier lebten. Es gab einfach keinen Grund, sich so weit von den Behausungen zu entfernen.

Die letzte halbe Stunde waren die drei Lemminge stetig leicht bergauf gegangen. Jetzt erreichten sie endlich den höchsten Punkt des Hanges und waren gespannt, was sie dahinter sehen würden. Selbst Henni hörte auf sich zu beschweren und hielt mit den anderen beiden Schritt.

»Ich weiß nicht, was ich erwartet habe, aber es ist definitiv mehr als das da«, sagte Hörg und deutete nach vorn.

»Und deswegen rennen wir hier hoch«, maulte Henni. »Hatte ich erwähnt, dass es eine blöde Idee war, die Stadt zu umrunden.«

»Ja, das hast du«, antwortete Hilmer. Enttäuscht schaute er den steinigen Hang hinunter. In der Ferne konnten sie den Weg hinauf zum Schicksalsberg erkennen. Dazwischen gab es nur Steine und Geröll. Etwa zweihundert Meter vor sich sah Hilmer so etwas wie eine Kante. Dahinter lag ein schmaler Streifen, den er nicht überblicken konnte.

»Wollen wir umkehren?«, fragte Henni nach einer Weile.

»Wieso denn das?«, entgegnete Hilmer.

»Weil es da vorn nicht mehr weitergeht.«

»Das weißt du doch gar nicht. Wenn wir jetzt umkehren, war der ganze Weg umsonst.«

»Hilmer hat recht«, sagte Hörg und ging weiter. »Auf die paar Meter kommt es jetzt auch nicht mehr an.«

»Meinetwegen«, knurrte Henni und setzte sich ebenfalls wieder in Bewegung.

Als sie näher an die Kante herankamen, sahen die drei zu ihrer Überraschung, dass sich ein kleiner See dahinter befand. Jetzt hatte es selbst Henni eilig, zu der Stelle zu gelangen, und erreichte sie sogar noch vor Hilmer und Hörg. Sie blieben stehen und blickten einen etwa drei Meter tiefen Abhang hinunter auf eine in der Sonne glitzernde Wasseroberfläche.

»Wie kommen wir jetzt da runter?« Hörg schaute seine Freunde ratlos an.

Keiner von ihnen hatte geahnt, dass es hier draußen einen See gab. Da sie nicht sehen konnten, wie tief er war, trauten sie sich nicht, einfach nach unten zu springen. Es blieb ihnen nichts anderes übrig, als einen Bogen zu schlagen und so an das Ufer zu gelangen. Nachdem die Lemminge etwa fünf Minuten an der Kante entlanggelaufen waren, fanden sie was sie suchten. Vier unterschiedlich große Felsbrocken bildeten eine Art Treppe, über die sie nach unten hüpfen konnten. Hilmer vermutete, dass sie irgendwann einmal absichtlich so hierhergeschafft worden waren. Die drei gingen den Weg zurück zum See und blieben plötzlich abrupt stehen. Vor ihnen am Ufer sahen sie zwei Lemminge, die auf dem Boden saßen und die Ankömmlinge misstrauisch beäugten.

33

Hilmer, Henni und Hörg trafen auf ein völlig abgemagertes Pärchen. Das Weibchen war so dürr, dass man die Knochen ihres Brustkorbes durch ihr Fell hindurch erkennen konnte. Ihr Blick war voller Angst und auch ihr Partner schien sich vor den drei Fremden zu fürchten. Sein Körper sah ausgemergelt aus und es gab zahlreiche Lücken in seinem grauen, glanzlosen Fell.
»Bevor ihr jetzt aufspringt und wegrennt, kann ich euch versichern, dass wir euch nichts Böses wollen«, sagte Hilmer. Er dachte daran, wie er wohl selbst reagieren würde, wenn plötzlich und unerwartet drei ihm körperlich überlegene Fremde vor ihm stünden.
»Wir wollen nur etwas trinken«, ergänzte Henni, stürzte ans Ufer, ging in die Knie und hielt den Kopf in das eisige Wasser.
Hilmer und Hörg zögerten einen Moment, taten es ihm dann aber nach. Nachdem sie sich erfrischt hatten, setzten sich die drei Freunde zu dem Pärchen ans Ufer und schauten sie neugierig an. Noch nie hatten sie Lemminge gesehen, die sich auch nur annähernd in einem so schlechten Zustand befunden hatten. Dabei waren sie auf keinen Fall älter als sie selbst.

»Wer seid ihr?«, fragte Hilmer, nachdem er eine Weile darauf gewartet hatte, dass einer der Fremden das Gespräch begann.
»Wer will das wissen?«
»Ich.«
»Lass den Unsinn! Sag mir deinen Namen.«
»Ich habe zuerst gefragt«, antwortete Hilmer grinsend.
Das Männchen sah ihn an und schüttelte den Kopf.
»Wenn ihr mir so kommt, werde ich nicht mit euch reden. Ich brauche euch nicht. Ihr dagegen, seid offensichtlich auf der Suche nach etwas.«
»Also gut. Mein Name ist Hilmer und das sind meine Freunde Henni und Hörg.«
»Warum seid ihr hier?«
»Wir wollten uns die Gegend anschauen.«
»Das ist eine Lüge«, mischte sich das Weibchen zum ersten Mal in das Gespräch zwischen ihrem Gatten und Hilmer ein. »Kein Lemming schaut sich einfach so die Gegend an. Alle wollen nur zum Schicksalsberg.«
»Da war ich bereits. Kurz vor dem Sprung habe ich mir es dann anders überlegt und bin umgekehrt.«
Nicht nur die beiden Fremden schauten Hilmer nach dieser Aussage überrascht an, auch Henni und Hörg schienen sich darüber zu wundern, dass er so schnell mit der Wahrheit herausrückte. Denn die meisten Lemminge würden auf ein derartiges Bekenntnis eher abweisend, wenn nicht sogar boshaft reagieren. Das tat das Pärchen jedoch nicht.
»Jetzt könnt ihr uns erzählen, was ihr beiden hier macht«, sagte Henni, der als erster die Sprache wiederfand.
»Wir leben hier. Ich bin Anton und das ist mein Weib Paula.«
»Aber wieso?«, bohrte Henni weiter. »Hier gibt es doch nichts – außer dem See.«

»Auf den ersten Blick sicher nicht«, gab Anton zu.
»Uns gefällt es aber. Wir wollen unsere letzten Tage genießen, bevor auch wir zum Todesfelsen gehen.«
»So wie ihr ausseht, wird man euch den Schicksalsberg hinauftragen müssen«, sagte Henni. »Habt ihr überhaupt noch die Kraft, dorthin zu gehen?«
»So schwach sind wir nun auch wieder nicht. Paula und ich leben bescheiden. Wir sind aber nicht krank.«
»Siehst du Henni«, sagte Hörg lachend und schlug seinem besten Freund auf die Schulter. »Mann muss nicht übergewichtig sein, um ein glückliches Leben zu führen.«
Selbst Paula musste bei dieser Bemerkung lachen und Henni blieb nichts anderes übrig, als die Spitze unkommentiert über sich ergehen zu lassen. Ein Blick in sein Gesicht reichte Hilmer aber aus, um zu erkennen, dass es hierfür noch eine Retourkutsche geben würde. Der kleine Scherz half aber dabei, die Stimmung zwischen den fünf Lemmingen weiter aufzulockern. Auch wenn die beiden Parteien noch nicht genau wussten, was sie voneinander halten sollten, lag zumindest keine Feindseligkeit mehr in der Luft.
Hilmer schaute sich das Pärchen nachdenklich an. Konnte es sein, dass er hier zwei Vertreter der VHL vor sich hatte? Er überlegte, ob er es wagen konnte, diese Frage offen zu stellen, und kam zu dem Ergebnis, dass es im schlimmsten Fall dazu führen würde, dass er, Henni und Hörg die Suche fortsetzen mussten. Gefährlich werden konnte ihnen das Pärchen sicher nicht. Überraschenderweise waren es aber die beiden, die das Gespräch in die entsprechende Richtung lenkten.
»Wir sind so eine Art Wächter«, sagte Paula plötzlich und sah Hilmer ernst an. »Schon als Kinder haben wir

unser Leben einer Sache verschrieben, die sehr viel wichtiger ist als jeder einzelne von uns.«

»Was meinst du?«, fragte Hilmer, in dem die Hoffnung wuchs, das Ziel seiner Suche erreicht zu haben.

»Es ist kein Zufall, dass du zu uns kommst«, antwortete Anton anstelle seines Weibes. »Kannst du uns sagen, warum du vom Todesfelsen zurückgekehrt bist?«

»Ich habe keinen Sinn darin gesehen, mich in den Tod zu stürzen.«

»Und das, obwohl du weißt, dass danach das gelobte Land auf dich wartet?« Der Blick, den Anton Hilmer jetzt zuwarf, zeigte eine Mischung aus Neugierde und List.

Henni und Hörg wollten Hilmer offensichtlich das Feld überlassen. Sie machten es sich auf dem Boden bequem und hörten dem Gespräch zwischen ihrem Freund und dem Pärchen scheinbar gelangweilt zu. Hilmer war aber klar, dass auch die beiden Erfinder innerlich vor Neugierde kurz vor dem Platzen standen.

»Das gelobte Land gibt es genauso wenig wie die heiligen Schriften des fruchtlosen Wonibalts«, sagte Hilmer.

»Ich müsste dich jetzt an Helmuts Wächter ausliefern und ihnen von deinem Frevel erzählen«, sagte Anton nachdenklich. »Das weißt du. Und trotzdem erzählst du mir, dass du dich weigerst, an den Selbstmorden teilzunehmen. Warum?«

»Weil du genauso wenig an die angeblichen Lehren glaubst wie ich.«

»Was macht dich da so sicher?«, fragte Anton.

»Ich glaube, ich weiß, zu welcher Gruppe ihr beiden gehört«, sagte Hilmer vorsichtig.

»Jetzt bin ich wirklich gespannt«, antwortete diesmal Paula. »Was meinst du?«

»Ihr gehört zu den Vorboten des heilbringenden Lemmings.«

»Wie kommst du auf so einen Unsinn?«

Hilmer beantwortete Antons Frage nicht, sondern sah ihn nur einen Moment lang nachdenklich an. Dann entschloss er sich, alles auf eine Karte zu setzen. Er holte den Schlüssel aus seinem Fell hervor und legte ihn zwischen die beiden Fremden in den Sand.

Für ein paar Sekunden schienen Anton und Paula vor Schreck erstarrt zu sein. Dann trat ein feuriger Glanz in ihre Augen. Sie schnellten empor, sprangen auf Hilmer zu und gingen vor ihm auf die Knie. Der war völlig überrascht und schaffte es, im letzten Augenblick, sich dagegen zu wehren, dass ihm die beiden abgemagerten Gestalten die Füße küssten. So schräg die Situation in diesem Moment auch war. Hilmer spürte, wie ihn ein großes Glücksgefühl durchströmte. Er, Henni und Hörg hatten die VHL gefunden. Eine weitere Hürde war genommen. Helmut würde sein Volk nicht mehr lange beherrschen.

34

»Du bist der heilbringende Lemming«, sagte Paula ehrfürchtig. »Wir haben unser ganzes Leben auf dich gewartet.«

»Ich hätte nicht gedacht, dass ich diesen Tag noch erleben darf«, fügte Anton hinzu.

»Nun übertreibt mal nicht«, sagte Hörg spöttisch. »Ohne uns beide säße Hilmer noch im Kerker des Palastes und wüsste nicht, was er als Nächstes machen sollte.«

»Wir mussten ihm mehrfach das Leben retten«, pflichtete Henni seinem Bruder bei.

»Was soll das jetzt?«, fragte Hilmer ärgerlich. »Immerhin habe ich euch in der Rattenstadt ebenfalls aus einer Zelle herausgeholt.«

»Da sind wir aber nur hingegangen, weil wir dir helfen wollten«, widersprach Hörg.

»Was willst du eigentlich damit sagen?«

»Ich will nur vermeiden, dass du den ganzen Ruhm allein erntest.«

»Genau«, sagte Henni. »Es müsste eigentlich die Vorboten der heilbringenden Lemminge heißen.«

»Ist das wirklich wichtig«, fragte Hilmer irritiert.

»Nein«, antworteten Henni und Hörg wie aus einem Mund und brachen in schallendes Gelächter aus.

»Sind die immer so?«

»Ja«, beantwortete Hilmer Antons Frage. »Aber sie haben recht. Ohne die beiden wäre ich nicht so weit gekommen. Und auch den Rest des Weges werden wir gemeinsam gehen. Oder etwa nicht?«

»Selbstverständlich«, sagte Hörg in versöhnlichem Tonfall.

»Nachdem das jetzt geklärt ist, können wir ja zum eigentlichen Thema zurückkehren.« Hilmer schaute Anton und Paula auffordernd an.

Die beiden schienen nicht so recht zu wissen, was sie sagen sollten. Dann fasste sich das Männchen ein Herz. »Wir sind die letzten beiden, die von den VHL übrig geblieben sind«, sagte er.

»Dann könnt ihr mir sicher das Amulett zeigen, das euch als Mitglieder der Bruderschaft ausweist?«

»Natürlich«, antwortete Paula. Das Weibchen griff mit der Pfote in den Sand und zog eine goldene Plakette hervor, in deren Mitte der gleiche Dreizack zu sehen war wie auf dem Griff des Schlüssels.

Für Hilmer war damit der letzte Beweis erbracht. Er war sich sicher, dass er und seine Freunde dem Pärchen vertrauen konnten. »Wieso seid ihr nur noch zu zweit? Es muss doch früher mehr von euch gegeben haben. Zumindest hat mir Etna das gesagt.«

»Du warst bei der Kröte?«, fragte Paula überrascht. »Dann bist du mutiger, als du aussiehst.«

Hilmer ignorierte die letzte Bemerkung des Weibchens und wandte sich wieder an ihren Partner. »Was ist mit den anderen?«

»Kurz nach ihrer Gründung zählten die Vorboten des heilbringenden Lemmings fast dreißig Mitglieder. Damals war es schwierig, die Gruppe geheim zu halten, weil sie so groß war. Im Laufe der Jahre festigten sich die Lehren des jeweiligen Königs in den Köpfen unseres Volkes immer mehr. Die wenigen, die etwas von unserer Bewegung hörten, betrachteten uns als Spinner oder glaubten erst gar nicht an unsere Existenz. Es wurde zunehmend schwerer, junge Lemminge für unsere Sache zu begeistern. Alle denken ja, dass es uns gut geht und dass wir in das gelobte Land kommen. Es wird einfach kein Grund dafür gesehen, dass sich irgendetwas ändern sollte.«

»Wieso habt ihr beide keine Nachkommen?«, wollte Henni wissen. »Ihr seid doch ein Paar, oder nicht?«

»Wir sind Geschwister«, antwortete Anton. »Und trotzdem ein Paar. Glaub nicht, dass wir es nicht versucht hätten. Paula ist aber einfach nicht trächtig geworden.«

»Habt ihr da vielleicht auch ein Mittel?«, fragte Hilmer Hörg leise, doch der schüttelte den Kopf.

»Wie sollten wir erklären, dass wir etwas erfinden, was die Schwangerschaft fördert, wenn sich unser Volk von den Klippen stürzt, weil es so viele von uns gibt. Nein, Hilmer. Es gibt einfach keinen Bedarf für so was.«

»Was meint ihr beide?«, wollte Paula wissen,

»Das ist nicht so wichtig«, wich Hörg aus. »Vielleicht erzähle ich euch später davon.«

»Wenn ihr so große Probleme habt, junge Lemminge anzuwerben, wundert es mich, dass eure Organisation noch nicht ausgestorben ist«, sagte Hilmer und bereute die Worte sofort, als er Paulas traurigen Blick sah.

»Wenn wir beide sterben, wird die Organisation auch sterben«, sagte Anton leise.

»Dann seid ihr also tatsächlich die letzten Vorboten des heilbringenden Lemmings.« Hilmer lief ein eiskalter Schauer über den Rücken. »Wenn ich zwei Wochen später gekommen wäre, hätte es euch bereits nicht mehr gegeben und alles wäre vorbei.«

»Ich glaube auch so nicht, dass wir euch eine große Hilfe sein können«, sagte Anton.

»Da irrst du dich gewaltig«, widersprach Hilmer. »Etna hat mich zu euch geschickt. Sie sagt, dass ihr uns zu den wahren Chroniken unseres Volkes führen könnt.«

»Ganz so einfach ist das nicht. Du hast einen Schlüssel. Wenn ich die Worte meines Vaters richtig in Erinnerung habe, brauchen wir aber derer drei.«

»Wir wissen, wer den zweiten hat«, sagte Hilmer und lächelte den beiden Wächtern zu. »Mit eurem haben wir also alle komplett.«

»Ich enttäusche dich nur ungern«, erklärte Anton. »Aber ... wir haben den Schlüssel nicht.«

»Was soll das heißen?« Hilmers Stimme schwoll fast zu einem Schrei an. Sollte jetzt doch noch alles umsonst gewesen sein? »Ist es nicht eure Aufgabe die Schriften und den Weg dorthin zu bewachen?«

»So genau wissen wir das nicht«, antwortete Anton.

»Kannst du mir bitte erklären, was du mir damit sagen willst?«

»Du solltest Hilmer nicht zu sehr ärgern«, sagte Henni grinsend. »Seine Nerven sind zurzeit nicht die besten.«

»Am Ende schmeißt er dich noch höchstpersönlich vom Todesfelsen«, pflichtete Hörg seinem Bruder bei.

»Hört mit dem Blödsinn auf«, sagte Hilmer ärgerlich. »Dafür ist jetzt nicht der richtige Zeitpunkt. Und ihr sagt mir endlich, was ihr wisst. Kennt ihr nun den Weg zu den Chroniken oder nicht?«

»Angeblich soll der Eingang zu den Höhlen hinter diesem Felsen liegen«, sagte Anton und deutete auf einen großen, runden Steinblock, der direkt an der Steilwand lag und mit ihr verwachsen zu sein schien.

»Das heißt, du weißt es nicht genau?«

»Hilmer, es tut mir leid. Paula und ich sind einfach zu schwach, den Eingang zu zweit freizulegen. Wir haben die Höhlen noch nie betreten.«

»Was macht ihr dann hier?«, wollte Henni wissen.

»Sie verhindern, dass ein anderer den Stein wegrollt«, vermutete Hörg.

»Was ist mit dem Schlüssel?«, fragte Hilmer. »Wisst ihr wenigstens, wo er sich befindet?«

»Angeblich soll er in der Mitte des Sees in einer kleinen Metallkiste sein.«

»Und ihr habt nie versucht, ihn da herauszuholen?« Hilmer zeigte Anton den Käfer. Das konnte doch alles nicht wahr sein! Warum mussten ausgerechnet die dümmsten Lemminge der Gegend, sah man einmal von Turgi, Targi und Torgi ab, die letzten Mitglieder der VHL sein?

»Wir können nicht schwimmen«, erklärte Paula entschuldigend, aber Hilmer hörte bereits nicht mehr zu. Ohne eine weiteres Wort ging er zum Ufer und ließ sich nach kurzem Zögern ins Wasser gleiten.

35

Hilmer war sauer. Er konnte es nicht fassen, dass sich die letzten beiden Mitglieder der VHL als derartige

Pfeifen entpuppt hatten. Kein Lemming ging gern ins Wasser, aber Hilmer hatte kein Verständnis dafür, dass die beiden Wächter sich nie davon überzeugt hatten, ob das, was sie bewachten, überhaupt da war. Auch wenn der See eine willkommene Abkühlung darstellte, ging Hilmer diesen Weg mit gemischten Gefühlen. Wohl war ihm nicht bei dem Gedanken, in die dunklen Tiefen dieser Brühe vorzudringen. Er wollte jetzt aber nicht mehr umkehren, um Henni und Hörg zu bitten, ihn zu begleiten. Er schwamm bis zur Mitte und blickte von da aus zum Ufer, wo die vier Lemminge saßen und ihn neugierig beobachteten. Hilmer wusste, dass keiner von ihnen mit ihm tauschen wollte. Er nahm all seinen Mut zusammen, atmete tief ein und tauchte unter.
Zunächst war die Sicht klar. Nach aber nicht einmal einem Meter wurde das Wasser deutlich trüber. Hilmer musste einen Brechreiz unterdrücken, als er daran dachte, dass er eben noch von der Brühe getrunken hatte. Plötzlich fiel ihm ein, dass es durchaus auch noch andere Lebewesen geben konnte, die sich in dem See versteckten. Vor einer Kaulquappe hatte er keine Angst, aber es gab verschiedene Fischarten, die ihm gefährlich werden könnten. Jetzt hoffte er, dass sich keine größeren Exemplare im Wasser befanden. Entkommen würde er ihnen nicht. Dafür schwamm ein Lemming einfach zu langsam.
Schneller, als er es erwartet hatte, erreichte Hilmer den Grund des Sees. Er war aber nicht glatt und eben, sondern steinig, voller Algen und anderer Pflanzen. Wie sollte er hier eine kleine Truhe mit einem Schlüssel darin finden? Hastig durchwühlte der Lemming den Boden mit seinen Fingern und ärgerte sich sofort selbst darüber. Binnen Sekunden war das Wasser so voller Sandkörnchen und Dreck, dass er

überhaupt nichts mehr erkennen konnte. Dann wurde ihm die Luft knapp. Er musste auftauchen.

»Hast du etwas gefunden?«, rief Hörg Hilmer vom Ufer aus zu, als er zum ersten Mal wieder auftauchte.

»Nein. So schnell geht das nicht.«

»Was gibt es denn da unten?«, wollte Henni wissen.

»Steine und Dreck«, antwortete Hilmer und verschluckte sich dabei fast an der Brühe. Es war nicht leicht, gleichzeitig auf der Stelle zu schwimmen und mit seinen Freunden zu reden. Wasser war einfach nicht sein Metier. Oft zum Boden hinuntertauchen konnte er nicht. Noch drei bis vier Versuche, dann würde er zurück zum Ufer und eine Weile verschnaufen müssen, wenn er nicht ertrinken wollte.

Hilmer beschloss deshalb, sich jetzt nicht weiter mit Henni und Hörg abzugeben. Mit ihnen konnte er sprechen, wenn er wieder zurück war. Als er den Grund des Sees erreichte, hatte sich die Sicht dort inzwischen ein bisschen gebessert. Dennoch schwammen mehr Teilchen in der Brühe herum, als bei seinem ersten Tauchversuch. Diesmal untersuchte er den Boden vorsichtiger. Hilmer schwamm am Grund entlang und suchte ihn mit seinen Augen ab. Er wusste, dass er das Kästchen niemals finden würde, wenn es vom Sand verdeckt war, und hoffte einfach darauf, dass es frei lag. Bedachte er allerdings, wie lange es schon hier unten sein musste, verließ ihn die Zuversicht.

Als er zum zweiten Mal auftauchte, verzichtete Hilmer darauf, zu den vier anderen Lemmingen zu schauen. Er atmete tief durch, holte Luft und ließ sich erneut nach unten sinken. Nach dem sechsten Versuch schwamm Hilmer zurück zum Ufer.

»Du siehst nicht so aus, als hättest du Erfolg gehabt«, begrüßte Hörg seinen Freund.

»Nein. Es ist schwierig, da unten etwas zu entdecken. Wenn das Kästchen da ist, werde ich es aber finden.«
»Du willst noch einmal in den See?«, fragte Henni überrascht.
»Natürlich. Ich kann doch jetzt nicht aufgeben. Wenn unsere beiden Helden hier sich auch nur einmal kurz um ihre Aufgabe gekümmert hätten, wüssten wir, wo der Schlüssel ist.«
Anton und Paula schauten betreten zu Boden, sagten aber nichts.
»Wie oft willst du denn noch zum Grund des Sees tauchen?«, fragte Henni.
»So oft, wie es sein muss«, antwortete Hilmer entschlossen. »Ihr könnt mir ja helfen.«
»Lass uns die Arbeit aufteilen«, entgegnete Hörg. »Du schwimmst und wir versuchen, den Felsen zur Seite zu schieben.«
»Warum habt ihr das nicht bereits versucht, während ich im See unterwegs war?«
»Weil es mir gerade erst eingefallen ist.«
»Macht was ihr wollt«, sagte Hilmer unwirsch. »Ich gehe jetzt noch eine Runde schwimmen.« Als er zum zweiten Mal in den See stieg, kostete es den Lemming bei Weitem nicht so viel Überwindung wie zuvor. An die Temperatur des Wassers hatte er sich gewöhnt und empfand sie bei der Hitze sogar als angenehm. Sein größtes Problem war und blieb die Sicht. So sehr er sich auch bemühte, wenig Dreck aufzuwühlen, ganz vermeiden konnte er es nicht.
Hilmer konnte nicht sagen, wie oft er bereits zum Grund des Sees getaucht war, als er endlich etwas entdeckte. Plötzlich ertastete er mit der rechten Pfote eine scharfe Kante am Boden. Diese war so klein, dass er sie nie hätte sehen können. Hastig begann er damit, den Dreck wegzukratzen, und legte so tatsächlich eine kleine Metallplatte frei. Bevor er es

aber schaffen konnte, den Gegenstand ganz aus dem Sand herauszuholen, brauchte er dringend Luft. So schnell er konnte, tauchte er auf und atmete gierig ein.

»Was ist los?«, rief Hörg aufgeregt und stand auf. Anscheinend hatte er gemerkt, dass Hilmer im Wasser hektischer geworden war. Der verzichtete auf eine Antwort und tauchte erneut ab. Zunächst gelang es ihm nicht, die Stelle wiederzufinden. Verzweifelt suchte er den Boden ab und merkte, wie ihm die Luft langsam wieder knapp wurde. Es half nichts. Hilmer musste auch diesen Versuch abbrechen.

Als er kurz auftauchte, hörte er, wie Henni und Hörg irgendetwas schrien verstand die Worte aber nicht. Zurück am Grund des Sees versuchte er, sich auf seine Aufgabe zu konzentrieren. Dort, wo er die Platte gefunden hatte, musste das Wasser trüber sein, weil er den Sand aufgewühlt hatte. Als er sich einmal um die eigene Achse drehte, fand Hilmer tatsächlich eine Stelle, an der mehr Dreck im Wasser schwebte. So schnell wie möglich schwamm er darauf zu und sah zu seiner Freude das Schimmern des Metalls. Sofort grub er weiter und schaffte es endlich, das Kästchen aus dem Sand herauszuholen. Er tauchte auf, sog gierig Luft in die Lungen und schwamm zum Ufer. Dort blieb er völlig ausgepumpt am Boden liegen. Sofort waren Henni und Hörg bei ihm und sahen besorgt auf ihn hinunter.

»Ich habe es gefunden«, sagte Hilmer und hob die Pfote mit dem Kästchen mühsam ein bisschen an.

36

»Und wie willst du den Kasten jetzt aufmachen?«, fragte Hörg und betrachtete Hilmers Fund von allen

Seiten. »Hier ist ein Schloss, aber das hilft uns nicht wirklich weiter.«

»Dann brechen wir das Ding eben auf.«

»Das würde ich nicht tun«, sagte Anton und hielt Hilmers Arm fest, als der wieder nach dem Kasten greifen wollte.

»Und warum nicht?«

»Weil du es damit zerstörst.«

»Kannst du das auch ein ganz kleines bisschen genauer erklären?«, fuhr Hilmer Anton an.

»Unsere Vorgänger haben uns davor gewarnt, die Schatulle mit Gewalt zu öffnen, weil dann der Inhalt von Säure zerfressen würde, die sich innerhalb des Deckels befindet.«

»Dann gib mir den Schlüssel.«

»Den haben wir nicht«, erklärte Anton fast weinerlich.

»Sag mal, bist du sicher, dass ihr wirklich zu den VHL gehört und nicht von Helmut beauftragt wurdet, diese Organisation für immer zu zerschlagen?« Hilmer spürte, wie ihm das Blut in den Kopf stieg. War das noch zu fassen?

»Was willst du damit sagen?«, fragte Paula vorsichtig.

»Dreimal darfst du raten.« So sehr Hilmer es auch versuchte, es gelang ihm nicht mehr, die Beherrschung zu wahren. »Ihr seid absolut unfähig und mit Abstand die dämlichsten Lemminge, die ich jemals getroffen habe!«, schrie er dem Weibchen ins Gesicht. »Ich gebe zu, dass ihr wusstet, wo der Schlüssel ist, aber das war es dann auch. Nicht sehr viel für eine Gruppe, die es sich auf die Fahne geschrieben hat, einem Propheten den Weg zu ebnen. Oder siehst du das anders?«

»Du hast ja überhaupt keine Ahnung«, antwortete Paula. »Du kommst hierher, stellst Forderungen und schreist herum.«

»Jetzt sei nicht gleich beleidigt«, sagte Hilmer ein bisschen ruhiger.

»Es ist nicht leicht, auf ein Ereignis zu warten, von dem du dir eigentlich sicher bist, dass es nie eintritt«, erklärte Anton. »Wir haben auf sehr, sehr viel verzichtet und an diesem See ein einsames und bescheidenes Leben geführt. Du hast kein Recht, uns zu verurteilen.«

»Das tue ich ja auch gar nicht«, räumte Hilmer ein. »Ich bin nur enttäuscht, dass es so kurz vor dem Ziel nicht mehr vorangeht. Es hängt sehr viel davon ab, dass wir die alten Chroniken finden. Das wisst ihr doch.«

»Wir sind ja auch bereit, euch bei der Suche zu helfen«, sagte Anton. »Wo willst du hin?«

Die Frage war an Paula gerichtet, die gerade aufstand und zu einer kleinen Höhle in der Felswand eilte, die den beiden Lemmingen sicherlich Schutz vor Wind und Wetter bot.

»Keine Sorge, ich bin gleich wieder da.«

Hilmer, Henni, Hörg und Anton schauten gebannt zu, wie das Weibchen in einer Holzkiste herumwühlte, in der sie mühelos selbst Platz finden könnte. Es dauerte etwa eine Minute, bis sie einen triumphierenden Schrei ausstieß und etwas aus der Truhe herausnahm. Als sie wieder bei den anderen ankam, erkannten diese, dass es sich um einen braunen Lederbeutel handelte. Paula öffnete ihn und schüttete den Inhalt zwischen ihnen auf den Boden. Neben ein paar Perlen und einem grünem Edelstein kam auch ein winziger Schlüssel zum Vorschein. Mit strahlenden Augen steckte Paula ihn ins Schloss des Kästchens und atmete erleichtert aus, nachdem sie ihn darin mühelos herumdrehen konnte. Vier Augenpaare sahen zu, wie das Weibchen langsam den Deckel öffnete.

Zu aller Überraschung war die Schatulle innen völlig trocken. Im Laufe der Jahre schien kein Tropfen Wasser hineingelangt zu sein. Auf einem roten Samtpolster lag der Schlüssel. Er bestand aus Gold und der Griff zeigte einen Dreizack, der dem von Hilmers Exemplar bis ins kleinste Detail glich.

»Somit hätten wir zwei von drei«, sagte Hilmer und schaute zu der Stelle, wo der Felsbrocken vor dem Eingang der Höhle lag, durch die sie zu den geheimen Schriften gelangen sollten. Es überraschte ihn nicht, dass Henni und Hörg den Stein in der Zwischenzeit nicht weggerollt hatten, auch wenn er natürlich gehofft hatte, sie würden es tun. Entschlossen ging er zu der Stelle und schaute von dort zurück zu seinen Freunden. »Kommt ihr jetzt her und helft. Oder soll ich das hier auch wieder allein machen.«

»Selbstverständlich unterstützen wir dich dabei«, erklärte Hörg. »Wir hätten diese Arbeit längst verrichtet, mussten aber aufpassen, dass dir im See nichts geschieht.«

»Das ist euch erfreulicherweise auch gelungen«, sagte Hilmer spöttisch.

»Willst du nur reden oder holen wir uns jetzt die Schriften?«, wollte Henni wissen. Offensichtlich hatte er keine große Lust, sich weiterhin vorwerfen zu lassen, dass er nichts tun würde.

Mit vereinten Kräften gelang es den drei Lemmingen, den Felsbrocken langsam zur Seite zu rollen. Paula und Anton schauten gespannt zu. Sie waren sicherlich die schwächsten der fünf Lemminge und alle zusammen hätten an dem Stein sowieso keinen Platz gefunden.

Wie erhofft, kam hinter dem Felsbrocken der Eingang zu einer Höhle zum Vorschein. Allerdings hatte Hilmer nicht damit gerechnet, dass sie schon nach einem Meter auf die erste Tür stoßen würden. Er probierte den Schlüssel aus dem See aus, kam mit diesem aber nicht weiter. Mit Etnas Schlüssel hatte er mehr Glück und es gelang ihm, das Schloss zu öffnen. Er zog die Tür auf und die fünf Lemminge blickten in eine Höhle, die nach weiteren zehn Metern wieder verschlossen war. Diesmal hatten die Schatzsucher Pech. Keiner der Schlüssel passte und es gab keine andere Möglichkeit mehr, als mit den Kaubonbons zu Rosa zu gehen.

»Jetzt bleibt nur noch der Weg zu Helmut«, sagte Henni und schaute Hilmer bedauernd an. »Es tut mir leid, aber wir haben keine andere Wahl. Wir müssen zumindest so tun, als würden wir dich dem König ausliefern. Ansonsten kommen wir nicht in unser Labor.«

Hilmer wusste, dass der Erfinder Recht hatte, auch wenn es ihm nicht gefiel.

»Denk daran, dass die Tür im Kerker sich nicht richtig schließen lässt«, versuchte Hörg seinen Freund aufzumuntern. »Du wirst nicht lange gefangen sein.«

»Du hast recht«, sagte Hilmer »Lasst uns die Sache hinter uns bringen. Ihr geht mit den Bonbons zu Rosa und wir treffen uns dann später wieder hier.«

»Was sollen wir machen?«, fragte Anton.

»Ihr bleibt hier und passt auf die Höhlen auf«, antwortete Hilmer. »Ich glaube zwar nicht, dass jemand kommt, aber sicher ist sicher.«

37

»Na, wer hätte das gedacht?«, begrüßte Helmut die drei Lemminge, als sie in sein Audienzzimmer eintraten. »Es überrascht mich sehr, dass ihr mir diesen Verräter tatsächlich ausliefert.«

»Haben wir dich jemals enttäuscht?«, fragte Hörg gespielt beleidigt.
»Darauf willst du sicher keine Antwort.«
»Jetzt, wo wir unseren Teil der Abmachung erfüllt haben, dürfen wir doch sicher in unser Labor zurück.« Henni kam ohne Umschweife zur Sache und sah den König bei diesen Worten so unschuldig an, dass sich selbst Hilmer ein Lachen verkneifen musste.
»Wusste ich es doch«, mischte sich Dieter ein und schaute die beiden Erfinder giftig an. »Denen geht es nur um ihre eigenen Interessen.«
»Sie haben getan, was ich von ihnen verlangt habe«, entgegnete Helmut. »Wir haben den Unruhestifter in unserer Gewalt und können dem Volk zeigen, dass es sich nicht lohnt, ihm nachzueifern. Das ist alles was zählt.«
»Ich traue den beiden trotzdem nicht.«
»Das weiß ich Dieter. Das würdest du aber auch nicht tun, wenn sie mir Hilmer in Blattgold eingewickelt gebracht hätten.«
»Dennoch würde es mich sehr interessieren, wo die beiden den Flüchtigen gefangen haben.«
»Das werden sie uns jetzt sicher gleich sagen.«
»Selbstverständlich«, sagte Henni, bevor Dieter einen weiteren Kommentar gegen sie abgeben konnte. »Wir haben den Kerl hinter dem Schicksalsberg entdeckt, wo er zugesehen hat, wie sich die rechtschaffenen Vertreter unseres Volkes auf die Klippen stürzten.«
»Vermutlich hat er überlegt, ob er nicht doch diesen Weg antreten sollte«, fügte Hörg hinzu.
»Das glaubt ihr doch selbst nicht«, regte sich Dieter auf. »Am besten steckst du sie gleich mit in den Kerker. Wir können sie nacheinander am Galgen aufknüpfen.«
»Seit wann hat der fette Hamster hier das Sagen?«, fragte Henni provokant und traf damit genau den

Nerv, mit dem er Helmut auf seine Seite ziehen konnte.

»Das hat er nicht«, sagte der König bestimmt. »Ich halte meine Versprechen. Ihr bekommt euer Labor zurück. Ich werde die Wachen entsprechend anweisen, wenn sie unseren kleinen Verräter in seine Zelle gebracht haben.«

Hilmer sah den König der Lemminge nur ausdruckslos an und ließ alles scheinbar lethargisch über sich ergehen. Er wusste, dass es nur ein kurzer Stopp auf seinem Triumphmarsch war und er sich nicht länger als unbedingt nötig im Kerker des Palastes aufhalten würde. Helmut sollte ruhig noch einmal seinen Spaß haben, bevor seine Zeit endgültig vorbei war.

»Habt ihr die beiden hirnlosen Vettern dieses Ungläubigen gesehen?«

»Nein, das haben wir nicht«, beantwortete Henni die Frage des Königs. »Aber waren es nicht drei?«

»Torgi ist tot. Ich wüsste zu gerne, ob Hilmer etwas damit zu tun hat.«

»Frag ihn doch«, schlug Hörg vor. »Er hat inzwischen wohl eingesehen, dass er einen Fehler begangen hat und zeigte sich sehr kooperationsbereit.«

»Dem Kerl darf man nicht trauen«, sagte Helmut und winkte ab. »Er hat bereits mehrfach versucht andere zu täuschen. Seine Einstellung wird er sicher nicht mehr ändern. Aber du hast recht. Hilmer soll uns sagen, was genau mit Torgi geschehen ist, bevor wir ihn aufknüpfen.«

»Ich weiß zwar nicht, warum ich dir noch irgendetwas sagen soll, du unfähiger Vollidiot. Aber wenn du es wissen willst. Meine Vettern wollten mir Rattengift zu trinken geben und Torgi hat den falschen Becher erwischt. So einfach ist das.«

»Wage es nie wieder so mit mir zu sprechen«, schrie Helmut und sprang auf. »Noch so eine Beleidigung und ich lasse dich gleich hier auf der Stelle hinrichten.«

»Für mich würde das nicht viel ändern«, sagte Hilmer gespielt gleichgültig. »Du aber müsstest auf dein Publikum verzichten.«

»Dir werden deine vorlauten Sprüche schon noch vergehen«, meinte Dieter. »Mal sehen, was du noch zu sagen hast, wenn die Schlinge um deinen Hals liegt.«

»Von mir erfährst du gar nichts mehr. Auch nicht, was mir Etna so erzählt hat.«

Helmut erschrak und wurde feuerrot im Gesicht. Dieter verschluckte sich an einer Traube und japste nach Luft.

»Was willst du damit sagen?«, fragte Helmut zornig.

»Nichts. Von mir erfährst du kein Wort mehr.«

»Spuck sofort aus, was du über Etna weißt, sonst ...«

»Sonst was?«, unterbrach Hilmer den König. »Lässt du mich hinrichten, wenn ich nichts mehr sage? Vergiss es, du alter Dreckskerl! Ich weiß viel mehr, als du ahnst, und du kannst nichts tun, um mich zum Reden zu bringen.« Hilmer wusste, dass er jedes Wort später bereuen würde, doch es war einfach aus ihm herausgebrochen, ohne dass er etwas dagegen hätte tun können. Die arrogante Art von Helmut trieb ihn derart zur Weißglut, dass er es einfach nicht schaffte, sich zu beherrschen, so sehr er es sich auch vornahm.

»Es ist mir scheißegal, was du weißt, oder zu wissen glaubst«, fuhr der König Hilmer an. »Schafft den Kerl in den Kerker«, wandte er sich an seine Wachen. »Dort kann er noch ein letztes Mal über seine Taten nachdenken, bevor er morgen vor all seinen Freunden am Galgen baumelt.«

Henni und Hörg traten zwei Schritte zurück, als die Wachen sich vor Hilmer aufbauten, um ihn abzuführen. Der hoffte jetzt nur, dass Helmut nicht auf die Idee kam, seine beiden Freunde nach Etna zu fragen. Es war ein großer Fehler gewesen, Helmut auf diese Spur zu bringen, aber jetzt war es nicht mehr zu ändern.

Hilmers Sorge war aber zunächst unbegründet. Die beiden Erfinder kamen von selbst darauf, dass es wohl besser war, sich schnell aus dem Staub zu machen. Sie verließen den Audienzsaal, noch bevor Hilmer aus dem Raum herausgeführt worden war. Helmut protestierte nicht gegen das Verschwinden der beiden. Hilmer war nicht einmal sicher, ob er es überhaupt bemerkt hatte. Er hielt dem Blick des Königs stand, der sich jetzt sicher fragte, wie viel sein Gefangener wirklich wusste. Dem machte es jetzt zunehmend Spaß, den Staatsführer schmoren zu lassen. Sicher würde ihn Dieter später mit seinen Fragen weiter in Rage bringen.

Die Wächter führten Hilmer über die Treppe in den Keller. Von Henni und Hörg sah er nichts mehr. Als sie die Zelle erreichten, hatte er das Gefühl, als träfe ihn der Schlag. An der Gittertür hing ein nagelneues, silbernes Schloss, das so konstruiert war, dass man es von innen nicht erreichen konnte. Ein ähnliches System hatte Hilmer bereits bei den Ratten gesehen. Hier würde er ohne Hilfe nicht herauskommen. Henni, Hörg und er selbst waren sich ihrer Sache zu sicher gewesen. Jetzt saß Hilmer in der Falle und musste sich voll auf seine Freunde verlassen. Als die Wächter die Tür absperrten und mit dem Schlüssel verschwanden, wusste der Gefangene, dass er dem Tod nun ein ganzes Stückchen näher gekommen war.

38

»Und ihr beiden macht sofort, dass ihr verschwindet!«, begrüßte Hörg die Wächter, die vor der Tür ihres Labors standen.
»Wir haben die Erlaubnis von Helmut, diese Räume wieder zu nutzen«, erklärte Henni.
»Sicher könnt ihr das auch beweisen«, sagte einer der beiden verächtlich.
»Was soll das heißen?«, regte sich Hörg auf. »Wollt ihr uns etwa als Lügner bezeichnen?«
»Wir wollen gar nichts«, gab der zweite Wächter zurück. »Aber wir haben unsere Befehle. Und die lauten, dass wir euch auf keinen Fall hereinlassen dürfen, egal, was ihr uns erzählt.«
»Wir kommen gerade vom König«, sagte Henni ärgerlich. »Ihr könnt ihn ja fragen. Wir haben diesen ehrlosen Lemming gefangen und zu Helmut gebracht. So wie er es von uns verlangt hat. Jetzt wollen wir unser Eigentum zurück.«
»Solange uns das nicht vom König oder einer unserer Kollegen bestätigt wird, lassen wir euch hier nicht rein«, sagte der Wächter, der bereits vorher einen Beweis hatte sehen wollen.
»Hast du vielleicht verdorbenen Tabak geraucht?«, regte sich Hörg auf. »Wir haben dir doch gesagt, dass wir gerade beim König waren. Was gibt es denn daran nicht zu verstehen?«
»Es gibt keinen Grund, beleidigend zu werden. Wir machen nur unsere Arbeit. Wenn du noch so einen Spruch bringst, kannst du etwas erleben.«
»Bilde dir ja nichts ein«, entgegnete Hörg ärgerlich. »Nur weil du ein Schwert hast, kannst du dir nicht alles herausnehmen. Geh doch selbst zum König und frag ihn, ob wir in unser Labor hineindürfen.«

»Das werde ich auch tun.« Der Wächter ließ seinen Kollegen bei Henni und Hörg stehen und ging entschlossen in Richtung Audienzsaal.

Hörg ärgerte sich über diese Verzögerung. Er wusste aber, dass er nichts gegen die Sturheit der beiden tun konnte. Die Soldaten des Königs hatten in der Regel nicht viel zu tun. Wenn sie dann doch einmal einen Auftrag bekamen, nahmen sie den wichtiger, als er vielleicht war, und wichen keinen Millimeter von ihrem Befehl ab. Es gab nur wenige Lemminge, die bereit waren, sich in den Dienst des Königs zu stellen. Diejenigen, die es doch taten, hatten meist keine andere Wahl. Dies war der Grund, warum die Wächter des Palastes oft nicht die allergrößten Leuchten waren.

»Was treibt ihr beiden eigentlich da drin«, fragte der zweite Wächter, nachdem sein Kollege aus ihrem Blick verschwunden war.

»Das geht dich nichts an«, erklärte Henni bestimmt.

»Außerdem würdest du es nicht verstehen«, ergänzte Hörg. »Mit unseren Erfindungen erleichtern wir Helmut und anderen Lemmingen das Leben. Auch du selbst hast sicherlich bereits davon profitiert.«

»Ihr seid zwei unfähige Angeber«, entgegnete der Wächter. »Wenn eure Arbeit so wichtig für den König wäre, würde er euch nicht ständig in den Kerker werfen.«

»Er lässt uns aber immer wieder frei, weil er merkt, wie sehr er uns braucht.«

»Lass gut sein Henni«, sagte Hörg. »Der Kerl ist und bleibt ein Ignorant.«

»Wie auch immer. Wenn sein Kumpel gleich zurückkommt, wird er sehen, dass wir recht hatten und geht zurück in seine Kaserne, wo er dann gelangweilt darauf wartet, dass er vielleicht irgendwann einmal etwas Sinnvolles tun kann.«

Hörg grinste seinen besten Freund an und wollte gerade noch einen draufsetzen, als der andere Soldat zurückkehrte.

»Die beiden Blödmänner haben recht«, erklärte der seinem Kollegen mit kleinlauter Stimme. »Helmut hat bestätigt, dass wir sie wieder in ihre Räume lassen sollen.«

»Seht ihr!«, sagte Hörg grinsend. »Es ist genau so, wie wir es gesagt haben. Ihr übereifrigen Vollidioten habt uns nur aufgehalten. Ihr könnt froh sein, wenn wir uns deswegen nicht beim König beschweren.«

Ohne ein weiteres Wort zogen die beiden Wächter mit gesenkten Köpfen ab und drehten sich auch nicht mehr zu den beiden Erfindern um.

»Wenigstens sehen sie ein, wann sie verloren haben«, sagte Hörg grinsend. »Und jetzt lass uns die Bonbons holen.«

Henni öffnete die Tür zum Labor und betrat den Raum als Erster. »Wir müssen hier unbedingt mal wieder aufräumen«, sagte er, als er das Chaos betrachtete.

»Warten wir erst mal ab, wie sich die Lage in den nächsten Tagen entwickelt. Vielleicht lohnt sich der Aufwand ja gar nicht mehr.«

Überall standen Kisten und Körbe herum und die beiden Lemminge mussten über zahlreiche Hindernisse hinwegsteigen, bis sie das Lager erreichten, das die beiden in einer kleinen Kammer gegenüber dem Haupteingang errichtet hatten. Jeder nahm einen Karton der Verhütungskaubonbons unter den Arm. Damit verließen die beiden Erfinder ihr Labor wieder. Hörg fragte sich, ob er wohl jemals in diese Räume zurückkehren würde.

»Ich hoffe, dass die Ratte mit der Lieferung zufrieden sein wird«, sagte Henni, nachdem er die Tür wieder abgeschlossen hatte.

»Die reichen für mindestens ein Jahr«, antwortete Hörg. »Das ist ja wohl genug für einen Schlüssel, den die Nymphomanin nicht einmal braucht.«

»Bei der weiß man nie. Mit Turgi und Targi möchte ich auf jeden Fall nicht tauschen.«

»Ich auch nicht«, stimmte Hörg seinem Bruder zu.

Die beiden beeilten sich, den Schicksalsberg zu erreichen. Hörg freute sich nicht wirklich darauf, wieder in die Welt der Ratten gehen zu müssen. Obwohl er zugeben musste, dass diese viel von ihrem Schrecken verloren hatte, nachdem er einmal dort gewesen war. Als sie den Eingang zu dem Höhlensystem erreichten, trafen sie dort auf zwei bekannte Gesichter.

»Wir dachten schon, ihr würdet nicht mehr kommen«, begrüßte Bert die beiden Lemminge.

»Noch eine Stunde und wir hätten unserer Mutter sagen müssen, dass ihr sie betrogen habt«, fügte Gerd hinzu.

»Macht mal halblang«, erwiderte Hörg. »Wir sind ja hier.«

»Rosa wird sehr zufrieden sein«, sagte Henni und zeigte den beiden Ratten den Karton.

»Dann sollten wir sie nicht länger warten lassen«, sagte Bert. »Kommt mit.«

Henni und Hörg folgten den Nagern durch die Gänge. Wie schon bei ihrem ersten Besuch staunten sie über die gleichmäßige Helligkeit, die durch raffiniert angeordnete Spiegel entstand, die das Licht vom Feuer in der kleineren der beiden Hallen überall im Berg verteilten. Die unterirdische Welt der Ratten hatte Hörg sich immer viel dunkler vorgestellt. Die unter den Lemmingen so gefürchtete Art hatte offensichtlich einige Fähigkeiten, die man bei ihnen nicht unbedingt erwartet hätte.

Die rattenscharfe Rosa lag vor ihrem Bau und schaute ihren Söhnen und den beiden Lemmingen sichtlich zufrieden entgegen. »Ich hoffe, eure Wunderkaubonbons funktionieren auch noch nachträglich«, begrüßte sie ihre beiden Besucher.

»Man muss sie *vor* dem Verkehr nehmen«, erklärte Henni. »Nur dann können sie verhindern, dass du trächtig wirst.«

»Schade, aber nicht zu ändern. Ich habe schon so viele Junge bekommen, dann kommt es auf ein paar weitere nicht an. Nicht einmal, wenn sie von Lemmingen abstammen.«

Henni und Hörg wechselten einen schnellen Blick, sagten aber nichts.

»Könnt ihr mir versichern, dass ich in Zukunft nie mehr trächtig werde?«

»Wenn du die Bonbons täglich isst, dann ja«, antwortete Hörg. »Wo sollen wir die Kartons hinbringen?«

»Stellt sie einfach neben dem Eingang auf den Boden. Ich räume sie später weg.«

Henni und Hörg betraten den Bau und erschraken. Vor ihnen lagen Turgi und Targi in Rosas Liebesnest und streckten alle viere von sich. Die beiden Freunde wussten nicht, ob sie lachen oder doch Mitleid mit Hilmers Vettern haben sollten. Während Turgi völlig ausgepumpt war und sichtlich schwer Luft bekam, lag sein Bruder reglos da und starrte mit ausdruckslosen Augen zur Decke. Hörg wollte nicht wissen, was die beiden hinter sich hatten. Der Gedanke daran jagte ihm einen eisigen Schauer über den Rücken. Dicht gefolgt von Henni verließ er den Bau sofort, nachdem er den Karton abgestellt hatte.

»Wir haben unseren Teil der Abmachung erfüllt«, sagte Hörg, als er wieder neben der liebestollen Ratte stand. »Jetzt bist du an der Reihe.«

»Ich habe Hilmer und euch beide laufen lassen. Ist das nicht ein großzügiger Lohn für die paar Kaubonbons?«

»Das war aber so nicht vereinbart«, sagte Henni.

»Ich habe es mir anders überlegt. Eure Probleme interessieren mich nicht. Wenn ihr mich weiterhin beliefert, werde ich meine Meinung vielleicht irgendwann ändern.«

»Was soll das heißen?«, sagte Hörg ärgerlich.

»Dass ich nicht bereit bin, euch mehr als euer Leben zu geben.«

»Hast du denn kein bisschen Ehre im Leib?«, schrie Hörg die Ratte an. Sofort bauten sich Bert und Gerd drohend neben ihm auf.

»Wenn nichts passiert, werden wir bald genauso vom Todesfelsen springen müssen wie alle anderen«, versuchte Henni Rosa zu überzeugen. »Dann ist niemand mehr da, der die Bonbons herstellen kann.«

»Bringt mir das Rezept und ich werde euch vielleicht helfen.«

»Dafür haben wir jetzt keine Zeit«, drängte Henni. »Hilmer wird morgen am Galgen baumeln, wenn wir nicht vorher beweisen können, dass der König lügt. Dann war alles umsonst.«

»Gib ihnen den Schlüssel!«, donnerte plötzlich eine fremde Stimme durch die Höhle.

Hörg drehte sich erschrocken um und hatte das Gefühl, vom Schlag getroffen zu werden. Vor ihm stand das hässlichste Wesen, dass er jemals gesehen hatte.

»Halt du dich da raus Etna«, sagte Rosa ärgerlich.

»Das werde ich nicht tun«, antwortete die Kröte. »Diesmal nicht. Es muss sich etwas ändern. Und wir werden dafür sorgen, dass das auch passiert. Und jetzt gib den beiden den Schlüssel.«

Die Ratte schien alles andere als erfreut zu sein, gab aber nach. Mit mürrischem Gesicht betrat sie ihren Bau und kehrte wenige Augenblicke später mit dem kostbaren Stück zurück. »Ich hoffe, dass ihr mir trotzdem noch weitere Kaubonbons liefert«, sagte sie zu Henni, als sie ihm den Schlüssel in die Pfote drückte. »Es wird sicher noch eine andere Möglichkeit geben, wie ich dann dafür bezahle.«
Nach einem Blick in das Gesicht der Ratte wollte Hörg lieber nicht wissen, was sie damit meinte. Auch er hatte Grenzen.
»Lass uns gehen«, sagte Henni und schlug Hörg auf die Schulter. »Wir haben schon genug Zeit vertrödelt.«

39

»Das kann ja wohl nicht wahr sein«, regte Hörg sich auf und trat Anton gegen den Fuß.
»Was ist los?«, fragte der Angesprochene verwirrt und rieb sich den Schlaf aus den Augen.
»Hilmer ist im Kerker des Palastes gefangen, mein Bruder und ich setzen unser Leben aufs Spiel, um den letzten Schlüssel zu bekommen, und ihr liegt hier und pennt.«
»Ihr habt doch selbst gesagt, dass wir hierbleiben und den Eingang bewachen sollen«, erwiderte Anton.
»Was schreist du hier so herum?«, fragte Paula gähnend.
»Entschuldigt bitte, dass wir euren Schlaf stören«, sagte Hörg wütend. »Aber wir würden es sehr begrüßen, wenn wir die alten Chroniken finden würden, *bevor* man Hilmer aufgehängt hat.«
»Wenn er wirklich euer heilbringender Lemming ist, solltet ihr das als seine Vorboten ebenfalls wollen«, stand Henni seinem Freund bei.

»Nun macht mal halblang«, regte sich Anton auf. »Wir haben nie gesagt, dass wir euch nicht helfen. Jetzt übertreibt ihr wirklich. Wir sind doch nicht eure Lakaien.«

»Es bringt nichts, wenn wir uns gegenseitig die Köpfe einschlagen«, sagte Henni beschwichtigend. »So helfen wir Hilmer auch nicht.«

»Da hat er recht«, meinte Paula und stand auf. »Lasst uns ausprobieren, ob der Schlüssel passt.«

Henni ging auf die Höhle zu und öffnete die erste Tür mit Etnas Schlüssel. Hilmer hatte wieder abgesperrt, als sie Anton und Paula am Vorabend hier zurückgelassen hatten. Nacheinander gingen die vier Lemminge auf die zweite Tür zu. Jetzt würde es sich zeigen, ob sich der Besuch bei der rattenscharfen Rosa gelohnt hatte. Henni atmete tief durch, steckte den Schlüssel ins Schloss und drehte ihn vorsichtig herum. Als er das leise Klicken vernahm, sah der Erfinder seine Begleiter triumphierend an. »Es ist tatsächlich der Richtige.«

»Dann lass uns weitergehen«, drängte Hörg und versuchte, sich an Henni vorbei zu zwängen, der ihm aber keinen Platz machte. Stattdessen zog er das Türblatt auf und ging als Erster in den dahinterliegenden Gang hinein. Nach ein paar Schritten wurde es aber so finster, dass sie nichts mehr erkennen konnten.

»Es hat keinen Sinn«, sagte Henni ärgerlich. »Wir müssen eine Lampe holen. Warum habt ihr nicht gleich eine mitgenommen?«

Anton und Paula antworteten nicht, machten sich aber gleich gemeinsam auf den Weg in ihre Behausung, um das Gewünschte zu holen.

»Es ist wirklich nicht zu fassen«, sagte Hörg, als die beiden außer Hörweite waren. »Das sind wirklich die größten Schlafmützen, die ich jemals getroffen habe.«

»Aber mit weitem Abstand«, stimmte Henni zu. »Ich kann nicht erklären warum, aber ich werde das Gefühl nicht los, dass wir zu spät kommen. Hoffentlich haben sie Hilmer nicht schon aufgeknüpft, wenn wir zurück beim Palast sind.«

»Hör bloß auf. Wenn wir wirklich nicht rechtzeitig mit den Chroniken beim König sind, werde ich Anton und Paula an den Ohren den Schicksalsberg hinaufschleifen.«

»Was hast du gesagt?«, rief Anton, der den Gang in diesem Moment betreten hatte und den Lichtstrahl auf die beiden wartenden Lemminge richtete.

»Ich habe mit Henni gesprochen«, sagte Hörg. »Es war nichts Wichtiges. Kommt zu uns, damit wir endlich sehen, wohin die Höhle führt.«

Die vier Lemminge gingen weiter und erreichten nach kurzer Zeit eine Stelle, an der sich der Weg in drei verschiedene Richtungen gabelte.

»Und was machen wir jetzt?« Henni drehte sich um und schaute die beiden Vorboten fragend an. »Ihr müsstet doch irgendetwas wissen. Warum gibt es weiter vorne zwei Türen, wenn es danach verschiedene Wege gibt? Das kann doch nur eine Falle sein.«

»Das wissen wir nicht«, antwortete Anton betreten.

»Na, das ist doch jetzt wirklich mal eine Überraschung«, regte sich Hörg auf, verzichtete aber diesmal darauf, Anton und Paula mit Beschimpfungen einzudecken. Das brachte sie auch nicht weiter.

»Ihr beide wartet hier«, sagte Henni zu den VHL. »Hörg und ich gehen in den linken Gang, und wenn wir etwas finden, holen wir euch.«

»Wir haben aber nur ein Licht«, warf Anton ein.

»Die nehme ich«, beschloss Hörg und nahm ihm die Lampe ab, bevor er widersprechen konnte. Diesmal ging er voraus und verließ sich darauf, dass Henni ihm folgte. Nach wenigen Metern machte der Gang eine Kurve nach links, wechselte aber kurz darauf wieder die Richtung. Schweigend und jederzeit bereit, sich gegen einen möglichen Angriff zu wehren, gingen die beiden Freunde weiter. Ihre Sorge schien jedoch völlig unbegründet zu sein. Im Gegenteil lud der geräumige Gang die Erfinder dazu ein, schneller zu laufen. Die Wände waren gleichmäßig glatt und auch auf dem Boden war nicht die kleinste Delle zu sehen. Es gab weder lose Steine noch andere Gegenstände, die herumlagen oder gar den Weg versperrten.

Plötzlich verlor Hörg den Boden unter den Füßen. Bevor er auch nur zur kleinsten Reaktion fähig war, ging es abwärts. Henni griff blitzschnell nach seinem Bruder und erwischte ihn am Hals, bevor er in die Tiefe stürzte. Mit einem kräftigen Ruck zog er ihn zurück. Beide Lemminge fielen zu Boden.

»Aua«, schrie Hörg und rieb sich den Nacken. »Du hast mir ein ganzes Büschel Haare ausgerissen.«

»Möchtest du jetzt lieber tot in diesem Loch liegen?«, gab Henni beleidigt zurück.

»Nein! Natürlich nicht.« Hörg rappelte sich auf, blieb vor seinem Bruder stehen und umarmte ihn dankbar.

»Das war knapp«, sagte er schließlich und ging auf die Kante zu.

Als Henni den Strahl der Lampe in die Tiefe richtete, blieb den beiden Lemmingen fast das Herz stehen. Auf dem Boden waren angespitzte Holzpfähle zu sehen, die Hörgs Körper durchbohrt hätten, wäre er auf ihnen gelandet. Die zahlreichen Knochen, die zwischen den hinterhältigen Waffen lagen, bewiesen, dass es bereits einige Lemminge gegeben hatte, denen dieses widerfahren war.

»Wie kommen wir jetzt da rüber?«, fragte Henni, nachdem er sich von dem ersten Schrecken erholt hatte.

»Wir springen.«
»Bist du verrückt? Dann kannst du dich gleich in die Tiefe fallen lassen.«
»Unsinn«, erwiderte Hörg. »So weit ist es nicht, das schaffen wir locker.«
»Ich denke, wir sollten lieber umkehren. Vielleicht führt uns der andere Weg weiter.«
»So schnell gebe ich nicht auf. Leuchtest du mir? Ich springe zuerst.« Entschlossen nahm Hörg ein paar Schritte Anlauf und stieß sich kraftvoll ab. Für einen kurzen Moment ergriff ihn die Panik, er könne doch noch in die Tiefe stürzen und von den Pfählen durchbohrt werden. Dann landete er sicher auf der anderen Seite. »Wirf mir die Lampe rüber und komm nach.«
Henni zögerte einen Moment lang, nahm dann aber allen Mut zusammen und folgte seinem Bruder. »Du bist wahnsinnig«, sagte er, als er sicher neben Hörg auf der anderen Seite stand.
»Ich weiß«, sagte der grinsend. »Komm weiter.«
Diesmal ließen sich die beiden nicht mehr dazu verleiten, schneller zu gehen, und schlichen vorsichtig weiter. Es kam Hörg vor, als sei eine Ewigkeit vergangen, als er weit vor sich im Licht einen Schatten sah. »Da ist jemand«, zischte er seinem Begleiter leise zu.
»Ja«, bestätigte Henni. »Und ich weiß auch, wer.«
»Wieso kommt ihr jetzt aus dieser Richtung?«, rief Anton, der die beiden Erfinder an ihren Stimmen erkannt haben musste.
»Was meinst du?«, gab Henni zurück.
»Kommt her, dann seht ihr es.«
Henni und Hörg beeilten sich, zu den Vorboten des heilbringenden Lemmings zu kommen, und sahen dort, dass sie auf der rechten Seite wieder

herausgekommen waren. Sie mussten also einen großen Bogen gegangen sein.

»Bleibt nur noch der Gang in der Mitte«, stellte Paula überflüssigerweise fest.

»Worauf warten wir dann noch?«, sagte Henni und schob Hörg vor sich her.

Nach etwa fünfzig Metern erreichten die Lemminge – wie erhofft – die dritte Tür. Ohne zu zögern, steckte Henni den Schlüssel aus dem See ins Schloss, das sich problemlos öffnen ließ. Vier Augenpaare blickten in eine kleine Kammer, in deren Mitte es eine schmale Grube gab, die bis zum Rand mit Wasser gefüllt war. Ansonsten war der Raum leer.

Hörg zögerte einen kurzen Moment, griff dann aber entschlossen in die dunkle Brühe und tastete vorsichtig hinein. Nach wenigen Zentimetern stieß er mit den Fingern an ein Metallkästchen. Dann packte er mit beiden Pfoten zu und holte seinen Fund hervor.

»Jetzt brauchen wir wieder einen Schlüssel«, sagte Anton.

»Den ihr natürlich nicht besitzt«, vermutete Henni.

»Nein.«

»Hast du eine Idee, wo er sein könnte?«, fragte Hörg resignierend.

Anton schüttelte nur den Kopf.

»Wir können uns jetzt hier nicht weiter aufhalten«, entschied Henni. »Wir werden schon eine Möglichkeit finden, das Ding aufzubekommen. Zunächst sollten wir zusehen, dass wir den Palast erreichen. Und zwar so schnell wie möglich. Ich habe ein ungutes Gefühl, was Hilmer angeht.«

»Dann wollen wir mal hoffen, dass du nicht recht behältst«, sagte Hörg und wandte sich an Anton und Paula. »Diesmal kommt ihr mit.«

40

Nach einer schlaflosen Nacht saß Hilmer in seiner Zelle und wartete auf die Wärter, die ihn zu seiner Hinrichtung führen sollten. Stundenlang hatte er sich nun das Hirn zermartert, aber keinen Ausweg aus seiner miserablen Situation gefunden. Er musste jetzt ganz auf Henni und Hörg vertrauen. Nur die beiden Erfinder konnten ihn noch vor dem Tod retten. Wenn sie es nicht rechtzeitig schafften, die alten Chroniken herzubringen, war Hilmers Ende gekommen.
Sein Zeitgefühl hatte der einsame Lemming längst verloren. Es gab kein Fenster im Kerker und so konnte er nicht einmal sagen, ob die Sonne bereits aufgegangen war. Obwohl er so müde war, dass er sich kaum würde auf den Beinen halten können, war an Schlaf nicht zu denken. Sobald Hilmer die Augen schloss, sah er sich selbst tot an einem Seil baumeln und erschrak bis ins Mark.
Endlich hörte der Gefangene ein leises Geräusch, das aus dem Flur zu ihm drang. Sicher kamen sie jetzt, um ihn zu holen. Auch wenn er wusste, dass ihn das dem Tod näher brachte, war Hilmer dennoch froh, nicht länger allein in der Zelle warten zu müssen. Vielleicht waren Henni und Hörg bereits auf dem Vorplatz des Palastes und warteten dort auf eine günstige Gelegenheit einzugreifen.
Wenige Augenblicke später waren die Wächter bei Hilmer, die ihn vorher auch in den Kerker gesperrt hatten. Beiden stand die Vorfreude nur allzu deutlich ins Gesicht geschrieben.
»Müssen wir dich fesseln oder kommst du freiwillig mit uns?«, höhnte einer der Soldaten, während sein Kamerad die Zellentür aufschloss.
»Ich werde nicht versuchen zu fliehen«, antwortete Hilmer zähneknirschend. Natürlich hatte er nicht vor,

dieses Versprechen einzuhalten. Wenn aber jetzt seine Pfoten zusammengebunden würden, war auch diese letzte Chance dahin.

Helmuts Gehilfen nahmen den Gefangenen in ihre Mitte und brachten in triumphierend nach oben. Durch den Hauptflur des Palastes ging es zum Ausgang, der sie direkt auf den Platz führte, auf dem Dieter den Galgen hatte errichten lassen.

Als die beiden Wächter Hilmer auf dem Platz vorführten, wurden sie vom tosenden Beifall des Publikums begrüßt. Die ganze Stadt schien versammelt zu sein und auch von außerhalb hatten offensichtlich einige den Weg hierher gefunden, um diesem Spektakel beizuwohnen. Eine Hinrichtung war etwas völlig Neues. Keiner der Anwesenden hatte so etwas schon einmal gesehen. Manche wussten sicher noch nicht einmal genau, worum es dabei ging.

Auch der König und sein fettleibiger Berater warteten bereits auf dem Podest darauf, dass der Todeskandidat den Galgen erreichte. Hilmer schaute an den beiden vorbei und versuchte, bekannte Gesichter in der Menge auszumachen. Er sah Agnes und ihren neuen Lover und noch ein paar andere, die früher einmal seine Freunde gewesen waren. Zum wiederholten Mal fragte er sich, wie es sein konnte, dass sich auf einmal alle gegen ihn gestellt hatten. Gerade von seinem Weibchen war er zutiefst enttäuscht. In all den Monaten hatte er wirklich geglaubt, dass sie ihn genauso sehr liebte wie er sie.

»Hilmer, du hast es lange geschafft, deinen Tod hinauszuzögern«, begann Helmut seine Rede mit kräftiger Stimme, die bis in den kleinsten Winkel des Platzes hineinhallte, sodass jeder der Anwesenden seine Worte verstehen konnte. »Jetzt ist der Zeitpunkt gekommen, deine Seele in das gelobte Land zu schicken. Falls sie da überhaupt noch aufgenommen wird.«

Wieder gab es tosenden Applaus der Menge. Der König musste seine Ansprache unterbrechen und hob schließlich beide Pfoten, um die Leute zu beschwichtigen.

»Wir hätten dich auch einfach über die Klippen werfen können«, fuhr Helmut fort. »Alle Lemminge sollen aber sehen was passiert, wenn einer von ihnen gegen die Regeln verstößt, die in den heiligen Schriften des furchtlosen Wonibalts festgelegt sind.«

Der nun folgende Beifallssturm übertraf die vorherigen noch. Die Massen johlten vor Begeisterung und es gab vereinzelte Rufe von Lemmingen, die den König hochleben lassen wollten. Als er dieses Mal die Pfoten hob, dauerte es länger, bis es so ruhig war, dass er weitersprechen konnte.

»Hast du noch einen letzten Wunsch?«, wandte sich Helmut nun an den Gefangenen.

»Ich möchte einen Blick in die heiligen Schriften werfen«, rief Hilmer in die Menge. »Ich verlange einen Beweis, dass wir tatsächlich nach dem Willen unseres Urahnen handeln, wenn wir uns in Massen vom Todesfelsen in den Tod stürzen.«

»Hört, hört«, hielt Helmut dagegen. »Der Frevler bereut seine Taten nicht und stellt unseren Propheten weiterhin in Frage. So wird er niemals in das gelobte Land einziehen. Ist auch nur einer hier unter euch, der sich auf die Seite dieses Irren stellt?«

Mit einer Mischung aus Ekel und Entsetzen schaute Hilmer in die Gesichter einiger Lemminge auf dem Platz. Wieder klatschte die Meute begeistert Beifall. Keiner trat nach vorn, um ihn und seine Ansichten zu unterstützen.

»Hängt ihn auf«, schrie Helmut in den Jubelsturm der Massen hinein und trat zur Seite, damit die Wachen den Gefangenen zum Galgen führen konnten.

»Wartet auf uns«, schrie plötzlich eine gehetzt klingende Stimme über den Platz.

Zu seinem Entsetzen sah Hilmer, wie Turgi und Targi aus einer Nebenstraße herauskamen und sich einen Weg durch die Menge bahnten. Es konnte kein gutes Zeichen sein, dass seine Vettern aus Rosas Klauen entkommen waren.

»Lasst die beiden nach vorn«, rief Helmut in die Menge. »Ihnen soll die Ehre zuteilwerden, Hilmer auf seinen letzten Weg zu schicken, bevor sie dann selbst zum Schicksalsberg gehen, um ihr eigenes Seelenheil zu finden.«

Es erklang einiges Murren in der Menge, als sich die Brüder langsam nach vorn kämpften, aber schließlich gaben die anderen doch nach und ließen sie durch. Die beiden stiegen die Treppe hinauf und blieben mit hochroten Gesichtern vor Hilmer stehen.

»Endlich ist es so weit«, sagte Turgi voller Zorn.

»Wir werden deinen Tod genießen«, zischte Targi.

Jeder der beiden packte Hilmer an einem Arm. Sie führten ihn direkt unter den Galgen und legten ihm die Schlinge um den Hals.

»Und jetzt öffnet die Luke!«, rief der König und klatschte in die Pfoten.

»Welche Luke?«, fragte Turgi.

»Die im Boden«, antwortete Helmut ärgerlich. »Wie wollt ihr den Kerl denn sonst aufhängen?«

»Aber da ist nichts«, sagte Targi.

»Dieter!«, schrie der König und sah sich suchend nach seinem Berater um. »Kannst du den beiden Vollidioten erklären, wie der Mechanismus funktioniert?«

»Die beiden haben recht«, erklärte der Hamster kleinlaut. »Da ist keine Luke.«

»Willst du mir damit sagen, dass ihr den Galgen falsch gebaut habt und wir die Hinrichtung verschieben müssen?« Helmut schaute seinen Berater mit hochrotem Kopf an. Seine Halsschlagader schwoll verdächtig an und die Augen des Königs funkelten vor Zorn.

»Wir könnten den Kerl auf einen Stuhl stellen und die Beine wegtreten«, schlug der Hamster vor.

»Und das soll funktionieren?«

»Ja, mein König. Ich werde sofort losgehen und ein passendes Exemplar aussuchen.«

Hilmer atmete tief durch. Helmuts unfähiger Berater hatte ihm eine kleine Galgenfrist beschert. Wie er die nutzen konnte, wusste der Todeskandidat aber nicht. Turgi und Targi hielten ihn weiterhin eisern fest und würden ganz sicher nicht loslassen. Schneller als erwartet, kehrte Dieter zurück. Hilmer hätte am liebsten seine Faust in das Gesicht des Hamsters gedonnert und so das dämliche Grinsen daraus entfernt.

So endet es also, dachte der Lemming und schloss innerlich mit seinem Leben ab.

Dann wendete sich das Blatt.

»Einen Augenblick«, schallte Hörgs Schrei über den Platz und ein Ruck ging durch die Menge. Fast gleichzeitig drehten sich alle zu ihm um, der begleitet von Henni, Anton und Paula auf den Platz eilte und eine Metallkiste in den Pfoten hielt. Diesmal machten die Lemminge unaufgefordert Platz und ließen die kleine Gruppe unbehelligt zu dem Podest vortreten.

»Was wollt ihr denn jetzt hier?«, blaffte der König seine beiden Erfinder an.

»Wir sind hier, um unserem Volk die Augen zu öffnen«, erklärte Henni. »Alle sollen erfahren, dass sie von ihrem König betrogen worden sind.«

Die Lemminge auf dem Platz beobachteten gespannt, wie Hörg zu Hilmer ging und die Schlinge über seinen Kopf zog. Jeder wollte wissen, was die vier Neuankömmlinge zu sagen hatten. Auch Dieter schien neugierig zu sein. Einzig der Miene des Königs war zu entnehmen, dass er seine Erfinder am liebsten gleich ebenfalls aufhängen lassen würde.

»Wonibalt war in Wirklichkeit Helmuts Großvater«, rief Hilmer der Menge zu. »Es gibt keine heiligen Schriften und auch kein gelobtes Land. Die Massenselbstmorde bauen auf einer Lüge auf, die der König aufrechterhält, um sein Volk zu unterdrücken.«

»Das sind schwere Vorwürfe, die du da erhebst«, schrie einer der Lemminge aus der Menge.

»Kannst du auch beweisen, was du hier behauptest?«, wollte ein zweiter wissen.

»Bevor Wonibalt eine Schreckensherrschaft begonnen hat, wurde unser Volk von einem König und dem Rat der vier Weisen regiert. Diese beiden dort sind die letzten Wächter der alten Gesetze, die in dieser Zeit bestand hatten.« Hilmer deutete auf Anton und Paula, die sich bisher im Hintergrund gehalten hatten.

»Der Ungläubige versucht nur, sein Leben zu retten«, meldete sich Helmut zu Wort, der die erste Verblüffung wohl überwunden hatte.

»Nein«, erwiderte Hörg. »Die Zeit der Lügen ist vorbei. Wir werden hier und heute die Wahrheit enthüllen.«

»Wie wollt ihr das machen?«, fragte der König und schaute seine Erfinder argwöhnisch an. Ihm musste klar sein, dass die beiden noch ein Ass im Ärmel hatten. Besonders beeindruckt zu sein schien er jedoch nicht.

»In dieser Schatulle befinden sich die echten Chroniken unserer Vorfahren«, erklärte Hörg grinsend.

»Zeig sie uns«, erwiderte Helmut. »Ich bin sehr gespannt, was ihr Verräter uns mitgebracht habt.«

Hilmer schaute seinen Freund an und hätte ihm den Kasten am liebsten aus der Pfote gerissen. Worauf wartete der denn noch? Auch die anderen Lemminge richteten ihre Blicke nun auf Hörg, der mit der Schatulle in der Pfote auf dem Podest stand und betreten zu Boden sah.

»Ich habe keinen Schlüssel.«

»Das kann nicht euer Ernst sein«, ächzte Hilmer und sah Hörg voller Entsetzen an.

»Wenn ihr den Beweis für eure Behauptungen nicht erbringen könnt, solltet ihr jetzt nach Hause gehen und unsere Zeremonie nicht weiter stören«, sagte Helmut bestimmt. »Es sei denn, ihr wollt neben eurem Freund hängen.«

Hilmer fühlte sich, als sei ihm der Boden unter den Füßen weggezogen worden. Er hatte seine ganze Hoffnung auf Henni und Hörg gesetzt und war sich seiner Sache sehr sicher gewesen, als sie im letzten Moment aufgetaucht waren. Jetzt war sein Traum geplatzt – wie eine Seifenblase. Da landete eine Fliege auf Hilmers Schulter und wisperte ihm etwas ins Ohr. Der Lemming hatte große Mühe die Worte des kleinen Wesens zu verstehen, schöpfte daraus aber neue Hoffnung. Ohne ein Wort zu sagen, ging er auf den König zu und riss ihm, ehe einer seiner Helfer eingreifen konnte, die Kette vom Hals.

Ein Raunen ging durch die Menge, als Hilmer ihnen den kleinen Schlüssel präsentierte, den Helmut als Anhänger getragen hatte. Es herrschte Totenstille als Hilmer seine Beute an Hörg weitergab, der den Schlüssel sofort in das Schloss der Schatulle steckte und diese öffnete.

»Offensichtlich scheint unser König mehr zu wissen, als er zugeben mag«, rief Hilmer.

»Schwing keine große Reden und zeig uns, was in dem Kasten ist«, rief einer der Lemminge auf dem Platz und andere stimmten ihm zu.

Wieder richtete sich die volle Aufmerksamkeit auf Hörg, der mit bitterer Miene in die Schatulle schaute und den Kopf schüttelte.

»Was ist jetzt schon wieder los?«, fragte Hilmer und nahm seinem Freund das Kästchen aus der Pfote. Als er die aufgeweichte Masse darin sah, stockte ihm der Atem. Das durfte einfach nicht wahr sein.

»Die Schatulle lag im Wasser«, erklärte Hörg. »Es tut mir leid.«

»Wo ist denn jetzt euer Beweis?«, fragte Helmut, der zunächst viel von seiner Sicherheit verloren hatte, nun aber wieder Oberwasser bekam.

Hilmer war sich sicher, dass Helmut den Inhalt der Schriften kannte. Diese waren nun aber für immer verloren. In den letzten Minuten hatte der Lemming ein wahres Wechselbad der Gefühle erlebt. Jetzt schien endgültig der Moment gekommen zu sein, an dem alle Karten gespielt waren.

»Ist noch jemand hier, der meint, dass die heiligen Schriften des furchtlosen Wonibalts nicht existieren und ich ein Betrüger bin, oder können wir jetzt endlich mit der Hinrichtung fortfahren?« Helmut stand triumphierend auf dem Podest und schaute auf sein Volk herab. Mit der Zerstörung der alten Chroniken war er nun endgültig zum unantastbaren Herrscher geworden.

Doch es war noch nicht vorbei.

»Ich kann Hilmers Worte bestätigen«, ertönte eine rauchige Stimme aus der Menge. Unbeachtet von den Lemmingen auf dem Platz hatten es die rattenscharfe Rosa und ihren Söhne Bert und Gerd geschafft, bis kurz vor das Podest zu gelangen. Begleitet wurden sie von einer weiteren Gestalt, die von einem Umhang vollständig verhüllt war.

»Seit wann mischen sich Ratten in die Belange der Lemminge ein?«, fragte der König zähneknirschend.

»Wir haben lange genug eure Leichen von den Klippen weggeräumt«, erklärte Rosa der verblüfften Meute auf dem Platz. Mit dem Auftauchen der Ratten hatte nun wirklich niemand gerechnet. »Es ist an der Zeit, dass sich etwas ändert.«

»Welche Beweise willst du denn für die erhobenen Vorwürfe vorbringen?«, fragte Helmut verächtlich.

»Ich kann gar nichts zur Sache sagen«, antwortete Rosa.

»Aber ich«, sagte die verhüllte Gestalt und ließ den Umhang zu Boden fallen.

»Etna?«, ächzte der König zutiefst erschrocken und griff sich mit der Pfote an die Brust.

Die Kröte drehte sich von Helmut weg und richtete ihre Worte an die Menge vor sich. »Hilmer sagt die Wahrheit. Ich selbst bin damals von Wonibalt in die Höhlen des Schicksalsberges verbannt werden. Ich habe seine Schreckensherrschaft miterlebt und nichts davon vergessen. Helmut ist ein elendiger Lügner, dem es Spaß macht sein Volk zu unterdrücken. Eure Todessprünge sind Unsinn. Es gibt kein gelobtes Land.«

Ein Raunen ging durch die Menge und es folgten laute Schreie. Die Meinung der Lemminge auf dem

Platz war zweigeteilt. Einige forderten Helmut auf, endlich die Wahrheit zu sagen, andere wollten, dass Etna und die Ratten verschwanden und Hilmer endlich gehängt wurde. Der Anteil der Stimmen gegen den König wurde allerdings zunehmend größer.

»Was willst du hier?«, zischte Helmut und ging auf die alte Kröte zu. »Verschwinde und verkrieche dich wieder in den dunkelsten Höhlen des Berges, wo du hingehörst.« Wieder griff sich der König an die Brust. Schweiß trat ihm auf die Stirn.

Bert und Gerd bauten sich vor Etna auf und schützten sie so vor den Soldaten, die sich allerdings freiwillig an den Rand der Plattform verzogen und nicht gewillt waren, es mit den Ratten aufzunehmen. Auch Dieter hatte sich aus dem Staub gemacht und ließ seinen Herrn allein mit Hilmer und seinen Freunden stehen.

»Ihr müsst den Rat der vier Weisen wieder einsetzen und so einen Gegenpol zum König schaffen«, forderte die Kröte. »Die Selbstmorde müssen aufhören.«

»Du hast hier überhaupt nichts zu sagen«, schrie Helmut mit bebender Stimme. Sein Atem setzte aus und er wurde feuerrot im Gesicht. Wieder griff er sich mit beiden Pfoten an die Brust. Der König konnte sich nicht mehr auf den Beinen halten und ging unter dem Raunen der Menge zu Boden. Dort blieb er regungslos liegen.

42

Die Wächter stürzten zu ihrem Herrn und auch Dieter, der sich hinter dem Galgen versteckt hatte, rannte zum König und ging neben ihm auf die Knie. Alle Lemminge, auf dem Podest und davor, hielten vor Schreck den Atem an. Selbst Etna und die Ratten starrten schweigend auf den leblos am Boden liegenden Körper. Die Sekunden vergingen und die

Spannung stand kurz vor dem Zerreisen, als der Hamster sich erhob und mit Tränen in den Augen den Kopf schüttelte.

»Der König ist tot«, sagte er mit brüchiger Stimme.

Vereinzelte Schreie klangen über den Platz. Viele Lemminge weinten, andere schüttelten nur ratlos den Kopf. Auch Hilmer wusste nicht, was nun geschehen sollte. Helmuts Ableben hatte ihn genauso überrascht wie alle anderen.

Es war Gesetz, dass der älteste Sohn eines Königs seinem Vater auf den Thron folgte, wenn dieser verstarb. Helmut hatte aber niemals ein Weibchen gehabt und daher auch keine Nachkommen.

»Wir brauchen einen neuen König!«, schrie plötzlich einer der Lemminge auf dem Platz. Kurz darauf stimmten weitere in diese Forderung ein.

»Ich war Helmuts engster Vertrauter und bin in seine Amtsgeschäfte eingeweiht«, erklärte Dieter. »Ich bin bereit euch als euer König in eine bessere Zukunft zu führen.«

»Das könnte dir so passen«, brauste Hörg auf und schubste den Hamster zur Seite. »Ihr habt heute vieles über eure Vergangenheit gehört«, richtete er sich an die Menge. »Wir haben jetzt die einmalige Chance, etwas zu ändern. Der Älteste von uns sollte der neue König werden. So stand es in den alten Schriften und selbst Helmuts heilige Schriften sahen das so vor.«

»Es gibt keinen ältesten Lemming«, widersprach Dieter. »Seit Generationen springt jeder eurer Art mit Vollendung des fünfzehnten Lebensmonats vom Todesfelsen. Diejenigen, die heute springen sollten, sind alle gleich alt. Einen älteren Lemming gibt es nicht.«

»Hilmer ist älter«, entgegnete Henni. »Er hätte bereits vor einigen Tagen über den Schicksalsberg gehen sollen. Er ist der älteste von uns und sollte daher unser König werden.«

Der Beifall der Menge zeigte, dass die meisten mit diesem Vorschlag einverstanden waren.

»Wir sind genauso alt wie Hilmer«, rief Turgi und zog seinen Bruder auf das Podest. »Und wir waren stets treue Diener des Königs.«

»Ich bin eine Stunde vor euch geboren. Das wisst ihr.«

»Somit dürfte klar sein, wer der neue König unseres Volkes ist«, rief Henni und schob seinen Freund ganz nach vorn auf dem Podest, damit ihn alle sehen konnten.

»Hilmer! Hilmer!«, ertönten die Schreie der Menge. Ein wahrer Jubelsturm brandete auf. Beim Volk bestand nun kein Zweifel mehr, wer der neue Herrscher der Lemminge war.

»Ich danke euch und verspreche, dass ich euch ein guter König sein werde. Ab heute soll sich kein Lemming mehr freiwillig in den Tod stürzen. Die Massenselbstmorde sind von diesem Moment an Geschichte. Wir werden uns unserer alten Gesetze erinnern und auch den Rat der vier Weisen wieder einrichten. Die ersten Mitglieder sollen Henni, Hörg, Anton und Paula sein. Rosa und Etna werden meine Berater.«

Nach der kurzen Ansprache des neuen Königs kannte der Jubel der Massen keine Grenzen mehr. Hilmer wollte noch weitere Worte an sein Volk richten, war aber aufgrund des Lärms nicht mehr zu verstehen.

»Was ist mit uns?«, fragte Turgi, der noch immer gemeinsam mit Targi auf dem Podest stand.

»Für euch beide habe ich eine besondere Aufgabe«, erklärte Hilmer und grinste seine Vettern an. »Ihr werdet am Fuße des Schicksalsberges Wache halten und dafür sorgen, dass kein Lemming mehr zum

Todesfelsen geht, um sich auf die Klippen zu stürzen.«

»Das kann doch nicht dein Ernst sein?«, sagte Targi entsetzt.

»Ich bleibe dabei. Es ist genau die Strafe, die ihr verdient.«

Die Menge auf dem Platz feierte weiterhin ihren neuen König, der dies nach all dem Ärger sichtlich genoss. Die Zukunft würde zeigen, ob er in der Lage war, die richtigen Entscheidungen für sein Volk zu treffen. Er schwor sich selbst, sich diese Aufgabe nicht zu leicht zu machen und die Bedürfnisse seiner Untergebenen ernst zu nehmen.

Es dämmerte bereits, als sich die Menge auf dem Platz endlich auflöste. Als auch Hilmer sich gerade auf den Weg in sein neues Zuhause machen wollte, stand plötzlich Agnes vor ihm.

»Kommst du in unsere Wohnung zurück oder werden wir gemeinsam im Palast leben?«, säuselte das Weibchen, mit dem er den Großteil seines Lebens verbracht hatte, mit honigsüßer Stimme.

»Es gibt kein Wir mehr«, entgegnete Hilmer. »Als du geglaubt hast, ich sei tot, hat deine Trauer nicht einmal einen einzigen Tag gehalten. Jetzt bist du nicht mehr mein Weib.«

»Aber du kannst mich doch nicht einfach wegschicken. Wir gehören zusammen.«

»Nein! Unsere gemeinsame Zeit ist vorbei. Endgültig.«

»Ist das dein letztes Wort?«

»Ja.« Hilmer ließ Agnes einfach stehen und begab sich gemeinsam mit dem neuen Rat der vier Weisen in den Palast. Dort würden nun auch seine Freunde leben, bis ein neuer Tempel für den Rat gebaut worden war. Etna und die drei Ratten machten sich zurück auf den Weg in ihre eigene Welt. Sie hatten versprochen mit Hilmer zu beraten, wie die gemeinsame Zukunft der beiden Völker aussehen sollte, sobald sich der neue König in sein Amt eingearbeitet hatte.

Dieter wurde nie wieder in der Stadt gesehen.

Als Hilmer an diesem Abend in das frisch bezogene Bett in den königlichen Gemächern fiel, war er so glücklich wie noch nie in seinem Leben. Ganz spontan hatte er sich gegen die Gesetze seines Volkes gestellt und die Welt verändert. Nichts würde mehr so sein wie noch vor ein paar Stunden. Für die Lemminge hatte ein neues Zeitalter begonnen.

Am nächsten Morgen saß Hilmer gemeinsam mit Henni und Hörg beim Frühstück im Audienzsaal des Palastes. Anton und Paula waren in ihren Gemächern geblieben, um dort den neugewonnenen Luxus zu genießen. Die drei Lemminge vermuteten, dass sie gerade einen weiteren Versuch unternahmen, ihr Nachwuchsproblem in den Griff zu bekommen.

Plötzlich stürzte einer der Wächter in den Saal und verbeugte sich kurz vor seinem König.

»Entschuldige die Störung, aber ich habe wichtige Neuigkeiten.«

»Was ist passiert?«, wollte Hilmer wissen.

»Turgi und Targi haben sich von den Klippen gestürzt. Der Zugang zum Todesfelsen ist jetzt unbewacht.«

»Kümmere dich darum, dass zwei andere Soldaten dort dafür sorgen, dass so etwas nicht noch einmal passiert«, sagte Hilmer.

»Nun sind die beiden dem furchtlosen Wonibalt doch noch gefolgt«, sagte Henni.

»Nein«, widersprach Hilmer. »Sie sind Torgi gefolgt.«